KEIKENZUMINAKIMITOKEIKENZERO

位於戀愛光譜

NAOREGAOTSUKIAISURUHANASHI

極端的我們

Kadokawa Fantastic Novels

貼近他人的心時，
很自然地就會想靠近對方呢。

c h a r a c t e r s

白河月愛

屬於校園金字塔的頂端集團，對事情不會想太多的陽光美少女。由於和龍斗交往，讓周圍的人大吃一驚。

加島龍斗

喜歡上網看影片，有點邊緣人氣質的高中生。以玩懲罰遊戲為契機，向憧憬的月愛告白，結果竟然成功與對方交往。

山名笑琉

月愛的好朋友，擔心經常碰到壞男人的月愛。據說在鄰近有「北中的妮可」這個響亮的名號。將來的夢想是成為美甲師。

黑瀨海愛

龍斗的初戀。轉入龍斗他們的學校後，才開始在意起龍斗。她也是月愛的妹妹，兩人因某些因素而分開生活。

位於戀愛光譜極端的我們

KEIKENZUMINAKIMITOKEIKENZERO

NAOREGAOTSUKIAISURUHANASHI

2

長岡マキ子

插畫／magako

Kadokawa Fantastic Novels

CONTENTS

序章

至今我仍然會夢到還沒開始交往的那段日子。

夢中的我只能遠遠望著被眾多朋友圍繞的白河同學，偷偷為她的可愛模樣心動不已。

……是啊，這才是現實。

白河同學與我交往，這種事只會發生在夢裡。

當我腦中一角帶著這個念頭醒來時，白河同學剛好傳了訊息過來。

手機上顯示著「早啊～！人家今天化了超可愛的妝，給你看看喔♡」，還附上自拍照。

一如往常無比可愛的白河同學正以微笑注視著我。

「糟糕……」

剛起床腦袋空空的身體裡突然湧現量多得足以致命的愛意，讓我覺得太過幸福而想哭出來，幾乎要因此窒息的情緒。

雖然我好像還在作夢，但令人難以置信的是，這才是現實。

但願這份幸福能永遠持續下去。

我有所自覺，自己早就用光此生所有運氣。
那就讓我預借下一世與下下一世的運氣吧。
我想要永遠與白河同學在一起。
每天都更新這份「愛意」。
因為在我的人生中，一定不會再遇到其他讓我打從心裡抱持這種想法的對象。

第一章

時間來到七月，這是與白河同學開始交往後的第一個夏天。政府還沒公告梅雨季結束，不過今天是大晴天，氣溫也超過三十五度，儼然已是仲夏時節。

雖說如此，放學後前往車站的這段路上，走在我身邊的白河同學臉上的表情仍然像梅雨季的天空一樣烏雲滿布。

「啊……明天開始的考試真的要遭大糕了啦～！」

她猛搔著頭，露出絕望的眼神仰望天空。

「不妙谷園的麻婆冬粉～（註：日本女高中生的流行用語，有「狀況不妙」、「不得了」與「很棒」等各種意思）」

「……聽起來很好吃耶？」

「真是的～！龍斗你準備得怎麼樣？感覺好像很有把握呢？」

「也、也不是那樣啦……」

明天開始是期末考。第一天考的科目是英文文法、理科的選修科目與家政。

「如果從現在開始抱佛腳，英文文法只能看一遍單字，化學也是……家政的部分我打算今晚再背。」

「啊～龍斗選的是化學嗎～人家選的是生物，真的搞不懂到MAX，完蛋到極點變成蛋完了啦～」

「……那是加拿大的首都吧？（註：完蛋的日文オワタ三個字倒著寫是タワオ，為加拿大首都渥太華的日文）

「啊，是喔？」

白河同學愣了一下，微微噘起嘴。

「話說龍斗該不會其實腦袋很好？人家不管怎麼讀英文文法都超級不行，可是龍斗除了單字以外都準備好了吧？」

「咦，沒有，也不是那樣……」

白河同學抬起眼睛，直直地盯著因為被捧太高而感到慌張的我。

「……怎、怎麼了？」

「龍斗，你英文期中考考幾分？」

「咦？呃……」

對了，印象中有個重要的句法出錯，考得沒有想像中得好……雖然我想起這件事，但因為分數沒有慘到不能見人，因此只能乖乖回答。

「好像是……七十八還是七十九分吧。」

我還記得當時因為沒有八十分而很不甘心。

然而，聽到我這麼說，白河同學的眼睛就亮了起來。

「咦，好猛～！」

在那個瞬間，我想著「是哪種意思？」，不過看到她雙眼閃閃發光，那應該不是負面的意思。

「龍斗的腦袋果然很好嘛～！人家只有三十五分耶～明明都那麼努力了～」

「這、這樣啊……」

即使如此，那個分數也比前陣子的阿伊還高喔——如果對她說這種話，以白河同學的習慣應該會回我一句「啥？」吧。

「這次的考試範圍實在大得莫名其妙，感覺分數只會比期中考還差耶……」

「單字呢？單字一定會出十題，從現在開始把出題範圍全部背起來，就絕對可以拿到十分喔。」

「咦，太難了吧？範圍內的單字有一百多個耶？」

「可是有幾成是已經知道的單字吧？只要背好不熟的……」

「咦～真的假的？人家一個字也不認識耶～……龍斗好厲害喔～……」

我本來只想提供建議，卻反而把她逼到絕境的樣子。只見白河同學露出憂鬱的表情，一副垂頭喪氣的模樣。

「早知道就好好讀書了～每次考試之前都會想著：『下次要努力～』可是考完試開始上新的課程後，因為是接續之前的進度，所以都聽不太懂。」

「這樣啊……」

「如果能像龍斗一樣，每次都穩當地累積學力，考試時應該會感覺跟平常讀書沒什麼兩樣吧……」

「…………」

我並沒有因為自己是邊緣人而打算拿課業成績向對方炫耀，白河同學卻被我害得喪失了元氣。

雖然不是要向她賠罪，不過我開始思考能幫她做些什麼……這時腦中突然靈光一閃。

「啊，那就這樣吧。白河同學，方便的話待會兒就一起念書吧？」

因為今天是考試的前一天，上午提早放學了。我們接下來正打算找個地方吃午餐，應該可以順便一起念書吧。

「咦？」

白河同學瞪大眼睛，露出打從心底吃了一驚的表情。

「一起……念書……？」

「嗯。前提是白河同學方便啦。雖然我不算完全準備好，但自認大致理解考試範圍的內容，或許可以教教妳喔。」

「咦，念書是可以和別人一起念的嗎？人家沒辦法教龍斗什麼喔。」

「沒有關係啦。不是有句話說『若對事物沒有充分的理解，就無法教授他人』嗎？教白河同學功課時，我或許能發現自己也不懂的地方喔。」

「啊～……」

白河同學喃喃自語著「原來還有這種考量啊」，抬起頭看向我。

「我好開心喔。自己一個人時，我就會沒辦法集中精神，兩三下就開始修指甲了呢。但如果和龍斗在一起，人家好像就能努力用功了！」

那張笑臉就像接下來準備參加遠足的小孩子，充滿了期待與喜悅的光輝。

然而，三十分鐘後——

那張表情很快就開始出現陰影。

「唉～……這是什麼啊，根本就像第一次看到的東西。」

位於Ａ車站周邊的速食店（與之前和山名同學去的那間是同一系列的連鎖速食店，但是不同間）裡，坐在我對面的白河同學抱著頭面對攤開的課本。

「有哪裡不懂？」

「全部，每個地方都不懂。這段句子會不會太奇怪了？到底是什麼意思啊？」

白河同學指著以下的句子：

He is the last man to tell a lie.

「這句啊。我先問問，妳明白『tell a lie』的意思嗎？」

「呃……『ＴＥＬ給里耶』嗎？啊，我知道了，打電話？奶奶常常說『有事的話ＴＥＬ給我』喔。」

「唉呀……」

比想像得還要糟糕。

「那妳看得懂前面的部分嗎？」

「『他是最後的男人』……？」

「對對對。『tell a lie』是『說謊』的意思，因此直譯過來就會變成『他是最後一個說謊的人』。」

「……什麼意思？」

「意思就是假如全世界的人都會說謊，從最會說謊的人開始說謊，他就是最後一個說謊的人。」

「喔～原來如此？」

「妳明白這代表的意思嗎？也就是說……他是一位誠實的人。」

「嗯……那就是龍斗吧。」

聽到白河同學這麼說，我不禁看向她。

「咦？」

她對滿頭霧水的我露出微笑。

「就算全世界的男人都會劈腿，龍斗也應該是最後一個劈腿的人。人家相信這點。」

她說完這句話，垂下眼睛開心地笑起來。

「開始交往後讓人家有這種感覺的人，龍斗是第一個喔。」

「白河同學……」

我感到有些害臊，毫無意義地搔了搔下頷。

我當然絲毫沒有想要劈腿的念頭，只是聽到她如此信任我，不免感到有些害臊。

「……總之呢，妳看懂這段句子了嗎？」

「嗯。」

「那就看下一句吧。」

就在我因為太過害羞，打算趕快繼續教她功課的時候——

「話說先等一下。」

白河同學說完這句話，拿著筆記本和自動筆站起身，靠過來坐到我旁邊。

我們原本圍著雙人桌面對面坐著。白河同學坐在獨立座位上，而我則坐在靠牆壁的長椅型座位上。這張長椅一直延伸到隔壁桌，要坐兩個人確實綽綽有餘。

「咦……咦？」

白河同學對著因為她突然靠近而慌了手腳的我笑了笑。

「這樣比較方便看吧？」

白河同學說得沒錯。只要坐在一起，就不必特地把課本橫著擺，雙方也不必側著身體看課本。

「嗯、嗯。那就繼續嘍……」

雖然我藏起慌張的神情想繼續教功課……

「嗯嗯。」

但是白河同學每次點頭時，靠近我這邊的頭髮就會隨著動作輕輕搖曳，散發出不知道是花香還是果香的香氣刺激著我的鼻腔。

「…………」

我得集中精神啊！

話說……我剛才觀察周圍就注意到一件事。

同一排座位上也坐了好幾對男女。雖然不知道那些人是情侶還是朋友，但除了我們以外，女方都是坐在靠牆的位子……也就是我們坐的座位上。

難道社會上有這種不成文的規定嗎？女性應該坐靠牆的位子？不對，難道長椅座是女性優先座嗎……？雖然不知道是怎麼回事，但我突然感到坐立難安。

「呃……然後，就是說呢……」

我想要把意識拉回英文文法上，然而當眼神往下看去時，這次視線卻被身旁白河同學裙子底下露出的白皙大腿吸走。

好想摸……但以我這種角色來說，突然做出那種事會被當成變態。現在可是正在念書喔，不要胡思亂想。我得忍住啊！

「怎麼了，龍斗？」

「咦？沒有啦，呃～就是說呢……」

結果我聽了白河同學三次左右的「咦，什麼意思？」的回答後，勉強才解說完那一頁的課文內容。

「……哦～原來是這個意思啊。」

聽完講解的白河同學露出比剛才稍微有些明白的神情。

「乍聽之下還以為非常複雜，其實意外地很簡單呢。」

「對呀、對呀。雖然句子長的時候看起來很難懂，但其實只是單字的前後加上形容詞，或是前置詞而已。」

「前置詞？」

「啊，呃……就是in或at那些指出地點場所之類的詞啦。」

「哦～」

她那副明顯不太了解這段解說的神情，看起來十分可愛。

「不過真是太好了！這下子就稍微看到一點希望了！謝謝你，龍斗。」

白河同學這麼說並站起來。

「我們去買漢堡吧！鬆了一口氣之後肚子就餓了。」

「好啊。」

我原本就只是為了占位而把課本擺在桌上，之後因為在意白河同學的用功狀況而開始上起課，於是我們匆匆忙忙跑向樓下的櫃檯。

就在我們拿到午餐，回到桌子的時候——

「啊……白河同學。」

我對準備坐回獨立椅子的白河同學喊了一聲。

「嗯？」

她停下正要擺放托盤的手看向我。那對大眼睛實在太可愛耀眼，害我忍不住垂下眼睛。

「那個，可以的話，妳坐那邊吧……」

我指了指桌子後面的長椅座位，讓白河同學歪著頭疑惑地「咦？」了一聲。

「呃，那個……」

我不知道該怎麼解釋才好，只能支支吾吾地說：

「我還不習慣和女孩子待在一起……要是有什麼不夠周到的地方，先說聲抱歉。我剛剛注意到那邊的位子好像比較好，所以想給白河同學坐……」

「咦……」

白河同學的臉頰頓時紅了起來。

「人、人家覺得坐哪邊都可以啦……」

白河同學一邊這麼說，一邊將托盤移到對面，坐進了長椅座。

「……謝謝你，龍斗。」

白河同學紅著臉，抬起頭對我露出微笑。

「抱歉，我太不機靈了……」

「不會喔。」

白河同學搖搖頭，臉上仍然掛著微笑。

「比起被人照本宣科地對待，這樣更讓人高興喔。人家就是喜歡……龍斗這點。」

「……！」

心臟怦通怦通地劇烈跳動，我沒辦法將眼神從她身上移開。

白河同學有些不好意思地笑了笑。

「好了，龍斗也坐下吧。」

接著就像是為了掩飾害羞，她做作地拉高嗓音說：

「反正吃完之後又會坐在一起嘛！」

「咦？」

「沒錯吧？你不是要教人家功課嗎？」

她抬起眼睛注視著我。我的心臟不只沒有平靜下來，反而越跳越快。

我不是在開玩笑，能和如此可愛的女朋友一起準備考試……讓我覺得自己是全世界最幸福的人。

◇

隔天期末考開始。在考試期間裡，放學後我都持續和白河同學開讀書會。

可能是因為附近的高中也快要考試了，我們經常待的家庭餐廳這幾天都擠滿在念書的高中生。

讀書會來到第三天，我們像往常那樣吃過午餐、念了點書之後，兩人坐回面對面的位置喝著奶昔稍作休息。

「……總覺得啊，一起念書的高中生情侶還滿多的耶～」

白河同學看了看四周，突然這麼說。

經她一提，我發現斜對面也有一對穿著制服的男女，正默默隔著桌子在筆記本上振筆疾書。因為我不太敢和陌生人對上眼神，所以沒辦法到處亂看，不過白河同學可能還看到其他幾組那樣的人。

「好厲害喔。對人家來說，和男朋友一起念書……是很嶄新？的事呢。」

「嶄新……」

她恐怕是想說「新鮮」吧。我腦中一邊這麼想，一邊思考白河同學這句話隱含的意義。

我回想起考試前一天，自己對她提出「一起念書吧」時，她做出的反應。

——咦，念書是可以和別人一起念的嗎？

聽起來，她應該是第一次經歷這種約會（？）吧。

……她不曾和前男友做過這種事嗎？

如果有，為什麼還會說這樣的話呢？

因為我隱約覺得以現在的氣氛問問看也沒關係，於是就開口問：

「妳之前的男朋友……們，沒有教妳功課嗎？」

我記得傳聞中她有男友是大學生。這只是個純粹的疑問，與我對那些前男友的複雜情緒無關。

以前光是想到她那些前男友就覺得不舒服……莫非我的心中開始萌生自信了嗎？

就是身為白河同學男朋友的自信。

「咦……？」

白河同學大感意外地看著我。當她的視線與我對上，就怯生生地搖搖頭。

「……沒有呢。他們似乎都對人家的成績沒什麼興趣……還有人說：『當女生真好，就算不會讀書，只要可愛就行了。』」

聽到這種話的白河同學有何感想，看她緊抿的嘴唇就知道了。

見到她這副模樣，我心中對那些前男友的憤怒再次熊熊燃起。

「這樣啊……」

從她像現在這樣與我一起準備考試就能清楚知道，白河同學並不認為自己不會讀書也沒關係。然而有人卻對她說那種話，實在太不體貼了。

白河同學微笑注視思考這些事而陷入沉默的我。

「龍斗是第一個願意幫助人家的人喔。」

她微微瞇起雙目，眼中波光閃爍，臉頰泛出玫瑰色。

「所以人家也體驗到很多第一次。」

「白河同學……」

我的胸口充滿暖洋洋的感覺什麼話也說不出來，隨即白河同學的微笑就多出幾分羞赧。

「……好了，我們繼續念書吧。」

她伸出雙手拍了拍臉頰，撫摸著頭髮。那是她害羞時會有的動作。

「說得也是。」

我絕對不會讓這麼可愛的女朋友受傷難過。

不過當時發下如此誓言的我，絲毫無法料想到接下來將會是一個充滿騷動的夏天。

◇

期末考一天天平穩地過去。

第四天考試那日，第一天考的英文文法試卷在回家前的班會上發了回來。

「哇～龍斗，你看、你看！」

拿回試卷的白河同學直接走到我的位子旁。

「鏘～！」

她究竟考了多好的分數呢……這麼想著的我看到寫在姓名欄旁邊的「四十二」這個數字，不禁皺起眉頭。

「……嗯嗯？」

因為白河同學露出雀躍不已的表情看著我，害我不知道該做出什麼反應。

「哦哦……？」

「很棒對不對？人家本來以為分數一定比上次還差，結果卻進步了喔！這都是龍斗的功勞，謝謝！」

「喔，沒有啦，這不是什麼了不起的事……」

「龍斗考幾分？讓人家看看嘛。」

「好啊……」

當我把試卷拿給白河同學看之後，她驚訝得瞪大那對大眼睛。

「好厲害～！龍斗太神了吧！」

「沒有沒有沒有……！」

她的反應宛如看到一百分的試卷，但其實只有八十七分。要是因此引來班上同學的注目，我會感到很不好意思。

「太好了呢，白河同學。分數比上次進步呢。」

我硬是把話題拉回來，白河同學隨即笑著點點頭。

「嗯！謝謝你，龍斗！」

接著她回到自己的座位上，我則鬆了口氣地收起試卷。

「加島同學。」

這時鄰座的人向我搭話。我看過去，只見黑瀨同學正看著我。

黑瀨同學……白河同學的雙胞胎妹妹，也是國中一年級時拒絕我告白的人。

由於父母離婚，黑瀨同學被母親帶走，她相當憎恨搶走父親的白河同學，所以在剛轉學過來時故意散播白河同學的負面八卦。

從那件事之後，我就幾乎沒有和黑瀨同學說過話。雖然每天早上仍會打招呼，但黑瀨同學總是露出忸忸怩怩的樣子，而我也體諒她的心情。她對我透露過自己的成長經歷，現在想必感到有些尷尬吧。

「什麼事？」

因此她願意主動搭話讓我感到有些訝異。當我回話之後，臉頰稍微泛紅的黑瀨同學便怯生生地說：

「加島同學的腦袋很好呢。」

「咦？」

「我看到分數了。你的英文很好嗎？」

「咦，啊啊……」

是因為我把試卷拿給白河同學，又從她手上接回試卷才會被她看到吧。我並沒有要炫耀的意思，因此感到很不好意思，連忙將折起來的試卷收進書包。

「也沒有啦……但我想應該不算差。」

「真好，這科我不太行呢。明天的英文會話也讓我有點擔心。」

黑瀨同學垂著眉毛，提起嘴角。接著，她有些小心翼翼地提問：

「吶……如果你方便的話，可不可以教我功課？」

「咦……」

當我露出困惑的態度時，黑瀨同學連忙說道：

「啊……之前惹加島同學生氣是我的錯，我已經反省過了。我對訓了自己一頓的加島同學不知道該說是感謝還是怎樣……總之我沒有因此心理不舒服喔。」

「……這、這樣啊。」

若是如此就太好了……

由於她害白河同學吃過苦頭，我對黑瀨同學仍然存有芥蒂。但畢竟白河同學本人看起來已經不在意那件事，選擇原諒應該對她比較好……再說黑瀨同學還是白河同學的妹妹。

黑瀨同學垂下眼睛，對心中百感交集的我說：

「我還沒有融入學校生活……朋友也不多……如果加島同學能教我功課就好了。」

「是、是這樣嗎……？」

就算是這樣，為什麼偏偏要找我？不會很尷尬嗎？——雖然我這麼想，但因為那件事的關係，班上同學對黑瀨同學抱持敬而遠之的態度也是事實。

即使部分個性溫柔的女生與看上那副臉蛋的男生仍然會向她搭話，但她確實沒有與任何特定對象成為好朋友的跡象。

就算是自作自受，還是讓人覺得她有點可憐……

「抱歉。我已經和白河同學約好，考試期間要和她一起念書了。」

我這麼拒絕她之後，她就緊抿著嘴唇低下頭。

「……這樣啊，我知道了。」

她的語氣聽起來很平穩，讓我鬆了口氣。

就在這時，黑瀨同學立刻抬起頭，再次看著我說：

「那麼暑假呢？我的數學也不好，如果暑假作業裡有不懂的地方想問……」

聽到這句話，我朝背後稍微瞥一眼。

「數學的話，阿伊……伊地知同學比我還行喔。要幫妳介紹一下嗎？」

即使是整體分數都很爛的期中考，他仍然在數學這科拿到了高分。從這點看來，我認為阿伊的實力是貨真價實的。

但不知道是不是我體貼的心意沒有傳達給她，只見黑瀨同學突然繃緊表情。

「……算了。」

黑瀨同學的聲音聽起來很生硬，但她又立刻抬起眼睛。

「那、那麼……可以問一下ＬＩＮＥ的ＩＤ嗎？」

「咦，阿伊的嗎？」

「不是啦！是加島同學的！」

被她蠻不講理地凶了一句，害我愣了一下。

「可、可以啊……但是我不會聯絡妳喔？」

我想起白河同學看到山名同學用ＬＩＮＥ傳訊息給我時，那種難以言喻的反應。既然我發過誓不會讓白河同學感到不安，那麼就應該儘量不與其他女孩子聯絡。

「……沒關係，我會聯絡你。」

黑瀨同學帶著陰沉的表情回答，那副模樣嚇到我。

「這、這樣啊……」

她的朋友少到這種地步嗎……這已經不是可憐，而是讓人有些擔心了。

「……謝謝。」

我們背著老師偷偷在桌底下互加好友後，黑瀨同學的臉頰就微微泛紅，低聲這麼說。

啊啊，她果然還是好可愛啊……

雖然我現在喜歡的是白河同學，然而看到這樣的黑瀨同學，就讓我回想起當初迷上她時的心情。

不過那份感情已經結束了。我懷抱有點空虛的心情，將記錄她聯絡方式的手機上鎖。

◇

就在期末考最後一天的上午，氣象廳宣布梅雨季結束了。

「太棒了！放暑假啦～！」

在兩人回家的路上，白河同學露出很久不見的開朗表情。

「不過天氣好熱喔～！好像快要融化了～」

在這個大熱天的正午時分，白河同學仰望飄著白雲的晴朗天空，伸出舌頭哈著氣。

她揮手將風搧進彷彿能看見乳溝的胸口，順便將視線移向我，讓我感到一陣心動。

「好想去海邊喔～海邊！陸地上真的待不下去了。」

「哦，妳會潛水？浮潛嗎？」

「不～是，人家只能待在海灘上～不過偶爾泡在海裡會很涼快嘛。」

「啊，是這個意思喔……」

可是海邊不也算「陸地上」嗎？雖然我這麼想著，但我不想被當成喜歡挑人語病的男人，所以乖乖閉上了嘴。

接著，白河同學直直望向我的眼睛。

「欸欸欸，你記得明天是什麼日子嗎？」

「咦？」

是什麼啊……當我開始思考時，白河同學不滿地噘起嘴巴。

「一個月！是我們開始交往一個月的紀念日喔。」

「……啊！」

經她這麼一說，我就是在上個月的這時候告白的。

和白河同學在一起的日子每天都很新鮮刺激，讓我感覺已經過了很長一段時間，但其實只過了一個月呢。

「吶～要不要去海邊當成交往一個月的紀念？反正梅雨季都結束了。」

「咦？嗯……好啊。」

說是這麼說，但我對海水浴的經驗也只有小學時每年跟父母去一次海邊的經驗。

「太棒了！那就明天去吧！」

「好、好……」

而且就在明天，連事先勘查環境的時間都沒有。

話說回來，要去海邊！

難道能看到白河同學穿泳衣的樣子嗎！

可以整天和穿比基尼泳裝的白河同學待在一起……！當她玩得很開心時，將泳裝布料撐得鼓脹欲裂的那裡會不小心掉出來……應該不至於那樣吧。糟糕，我的妄想停不下來……！

「……怎麼了，龍斗？你恍神了喔。」

「呃、呃！我沒事。」

不行、不行。要是這時因為妄想過度而不得不彎腰走路，馬上就會被白河同學發現。

「好、好期待去海邊喔。」

「嗯！人家超期待的呢～！」

於是，我們決定隔天到海邊進行交往一個月的紀念約會。

第一・五章　黑瀨海愛的祕密日記

加島龍斗那傢伙把自己當成誰了啊？

這麼可愛的我向他要聯絡方式，竟然擺出那種態度。

而且回我訊息時還那麼冷淡。

我不甘心……

雖然不甘心，加島同學的身影仍然在我腦中徘徊不去。

訓斥我的時候，他的眼神非常真摯。那是除了父親之外，真正願意好好面對我的唯一一位男人。

然而，無論我用什麼樣的笑臉向他搭話，加島同學都只會對月愛露出笑容……

對啊……加島同學這個人有點像爸爸呢。

爸爸眼中也沒有媽媽以外的女人。就算他可能曾經稍微望向別人，但只愛著媽媽。

儘管如此，媽媽卻拋棄了爸爸。

加島同學，快注意到吧。你被月愛騙了喔？她一定不久之後就會甩掉你，畢竟月愛很像媽媽。

所以加島同學一定比較適合我。

你要快點注意到喔？

我的心已經屬於加島同學了……

第二章

隔天也是從一大早就是個好得不得了的夏日晴天。

「早安～！好期待喔！」

在車站月臺與我碰頭的白河同學渾身上下已經是身處仲夏海灘的打扮。

露出整個肩膀，上臂處卻有輕飄飄的袖子，造型奇特的上衣印著南國植物的圖案……那好像叫植物花紋？整件衣服充滿夏日風情。刷破牛仔短褲的長度很短，讓人擔心褲子會不會就這樣漸漸磨損，然後露出內褲。再搭配大提包與寬沿草帽，簡直就像正準備去夏威夷旅行的打扮。

「人家實在太期待，就把所有買來暑假用的服飾配件拿出來做搭配了～！泳衣也是新買的喔～！」

白河同學雀躍不已地向我報告。

「欸欸欸，看起來怎麼樣？」

「嗯……很適合妳喔。」

我的話才剛說完，白河同學就露出向日葵盛開般的燦爛笑容。

「耶～！」

開心得快要飛上天的她勾住我的手。

「走吧、走吧！趕快搭車去海邊吧～！」

在白河同學的提議下，我們今天決定前往江之島。好像是因為她小時候全家開車旅行時曾經去過，隔了這麼多年後想再去一次。

「白河同學夏天時常常去海邊嗎？」

我們運氣很好，在A站上車時就找到座位，於是兩人就坐在一起聊天。

「沒有喔～最近都是去游泳池吧～」

「是這樣啊？可是妳好像很喜歡海耶。」

「嗯，喜歡是喜歡啦～但如果只有女生去，那些跑來搭訕的人會很煩呢。」

「是、是喔……」

我不禁想像起白河同學被衝浪型男搭訕的畫面，臉頰抽搐了一下。

那種人以一副自以為很熟的態度說出「沒關係啦，跟我走嘛」之類的話，還摟住白河同學的腰，直接碰觸她的肌膚……光是想像就讓我不舒服到極點。

就算被那樣的傢伙告白，假如白河同學當時是單身，她仍然會與對方交往吧？然後被對方劈腿……

「…………」

「所以呢，沒有男朋友的時候就不能去，只不過人家最近夏天時大多是單身狀態。」

「但是啊，今年舅舅他——」

白河同學正準備繼續說下去，看到我的臉又停下了嘴。

「龍斗？」

「嗯？」

「……你怎麼了？」

「咦？」

我反問回去，只見白河同學稍微皺起眉頭。

「聽人家說喔～人家最近好像越來越能明白龍斗的想法，或者該說是心情了。」

正當我不知道她想說什麼的時候，白河同學直直地注視著我。

「人家提到前男友的時候，龍斗總是會露出有點難形容的表情呢。」

「咦……不是啦，那個——」

我對自己的內心被看透這點感到慌張，白河同學則是以嚴肅的表情說：

「不用擔心喔？人家已經沒有跟任何前男友聯絡了。分手後，人家就會把整個ＬＩＮＥ帳號刪掉，而他們的聯絡方式也只記在那裡面。雖然朋友們常常抱怨這點就是了。」

「嗯、嗯……我知道。」

我並不是懷疑白河同學，這只是我的個人情緒問題。

「抱歉讓妳擔心了。我並沒有懷疑妳啦。」

「是嗎？」

「嗯。畢竟我是第一次和女生交往，有很多事情還不習慣……我想過一陣子之後就能適應了。」

「這樣啊……？」

雖然白河同學看起來不太能接受這個說法，但總算結束掉這個話題了。

「然後呢～……咦？人家剛剛在說什麼？」

「咦？不記得了耶？」

「算了，沒差啦。對了，人家昨天晚上開始玩一款新遊戲喔～」

之後白河同學就聊起智慧型手機益智遊戲的話題。我也下載了遊戲，兩人一邊玩一邊幫對方加命，沒過多久就抵達藤澤。

從藤澤轉乘江之島電鐵要坐五站。我們從Ａ站出發，花了一個半小時左右的時間抵達江之島。

◇

於是我們來到江之島的海灘。

沙灘上擠滿了人，太陽在頭頂上燦爛照耀。光是看到戴著太陽眼鏡的辣妹與梳了油頭的粗獷猛男穿著泳衣在震耳欲聾的熱鬧樂曲中昂首闊步的模樣，就足以嚇破我這種內向邊緣人的膽。

最後我們總算抵達海之家，租了個置物櫃進行準備。比白河同學早一步換好衣服的我在外頭心神不寧地等著她。

白河同學的泳裝……白河同學的泳裝……只是想想就讓我的血壓飆高。在這片脫掉涼鞋就有可能燙傷腳底的沙灘上，若是目睹了白河同學穿著泳裝的模樣……我會不會當場中暑暈倒啊？

沒問題的。昨天晚上已經做過想像訓練，就算我是再怎麼純情的處男……

就在這時——

「猜猜人家是誰～！」

一對纖纖玉手突然遮住我的雙眼，耳邊傳來開朗可愛的聲音。身邊還飄著不知道是果香還是花香的香氣。

「……是白、白河同學嗎？」

由於太過震驚，說出口的話變成了問句。對方怎麼可能是白河同學以外的人嘛。

雖然只是碰到她的手，但意外接觸到的肌膚與近距離感受到的呼吸，都讓我的腦袋幾乎要沸騰到噴出蒸汽。

「正確答案～！」

視野亮了起來，我轉向背後。

出現在眼前的是……

「鏘～！怎麼樣？」

穿著比基尼泳衣的白河同學。

「…………」

我本來已經決定好，無論她穿什麼泳衣都一定會稱讚她，此時卻不禁說不出話來。

白河同學穿著泳裝的模樣比想像得還要美麗。

那是襯托出勻稱身段，擁有吸睛輪廓的花紋比基尼泳裝。在不少穿著連帽外套與內搭褲防曬的女生之中，白河同學落落大方的比基尼裝扮不僅性感，還充滿健康的氣息。

我沒辦法把視線從支撐那對沉甸甸胸部的胸罩型泳衣上移開。平時的我只能偷窺學校襯衫領口露出的乳溝陰影（光是這樣就足以讓人心中小鹿亂撞），如今卻得以仔細觀看整個乳溝全貌與胸部輪廓。從臀部延伸到大腿的線條也具有恰到好處的肉感，非常賞心悅目。

擁有這種女神般完美身材的美少女竟然是我的女朋友……我們高中沒有附設泳池，班上同學應該都沒見過這樣的白河同學吧。

平常待在她的身邊就已經令我心動不已，若是整天和這副打扮的白河同學在一起……而且還不小心有了肌膚接觸的話……啊，不行了，如果繼續思考下去，我的腦袋可能就要故障了。況且我也只穿著泳衣，最好不要太過興奮。

「咦，怎麼了？有什麼地方怪怪的嗎？」

看到檢查著自身裝扮的白河同學，在腦中對那身打扮大喊萬歲的我連忙搖頭。

「沒有啦！呃，那個……！」

「咦？怎、怎麼了、怎麼了？」

白河同學饒富興味地靠過來。我根本沒辦法把目光從那具無限趨近於全裸，充滿誘惑力的軀體上移開。

啊，她其實很清楚我因為太過害羞而一句話也說不出來嘛。

雖然很不甘心，但我沒辦法反擊……

「來嘛、來嘛～！和比基尼女孩在海邊約會開不開心呀？」

大概是看到我的反應太有趣，白河同學繼續逗著我。

「白、白河同學……！」

「哈哈，龍斗的臉紅通通的喲～！」

白河同學這麼說著，牽起我的手走向海灘。

「好啦，走吧！動作要是不快一點，夏天就要結束嘍～！」

「夏、夏天才剛開始啦！」

感受到的體溫讓我心跳加快、臉頰發燙。對這種反應感到害羞的我努力擠出這句吐槽。

「吶，龍斗。可以幫人家抹防曬油嗎？」

當我將野餐墊鋪在沙灘上、放下行李時，白河同學說出這種話。

「人家碰不到自己的背……好不好？」

她、她說什麼！

「……好、好。」

我吞著口水，點了點頭。

在白河同學的背上抹防曬油……也就是說，我理所當然地會碰到她的肌膚。

「謝謝～！來，拿去。」

白河同學將防曬油的瓶子遞過來，躺下去趴在野餐墊上。

她的背部與有布料遮住的前面不同，只有一條泳衣的繩子，就算說整個上半身幾乎是赤身裸體也不為過。

在那苗條的白皙背部底下……勾勒出小巧的渾圓臀部曲線……

不妙，我的腦袋好像快要沸騰了……

「那、那麼，我要抹了喔……」

「好～麻煩你了！」

白河同學與緊張地渾身僵硬的我完全相反，以十分輕鬆的開朗聲音回答。

當我倒了防曬油的手碰到那片白皙的背部時，手咕溜地滑了一下。她的背部理所當然地帶著一點溫度，摸起來十分舒服，讓我想要一直摸下去……這種想法萬一被發現，她八成會覺得我很噁心，所以我硬是裝成專注於自己的工作，一聲不吭地抹開防曬油。

「啊，泳衣底下也要抹喔～！把繩子拉開就可以了。」

她似乎發現到我下意識地避開泳裝附近的位置，這麼出聲提醒我。

「喔、喔唔！……嗯，我知道了。」

慌張的我不小心發出怪聲，不知道有沒有被她發現不對勁之處。

我忐忑不安地以左手拉起泳衣的繩子，將塗滿防曬油的右手伸進去。明明一樣是背部，為什麼這個動作會讓我的心臟跳得更快呢？

「唔呵！」

白河同學突然發出憋笑聲，讓我停下手上的動作。

「怎、怎麼了嗎？」

「龍斗的碰觸方式摸得人家好癢喔。」

「啊，抱歉……」

大概是因為我覺得手緊貼著她的身體不太好，所以動作很小心，才讓她有這種感覺吧。

不過話說回來，白河同學剛才的聲音聽起來超色情的……

要是越想越多，感覺血液會集中到某個地方，所以之後的我一邊在腦中反覆將十三從一乘到二十，同時化身為一臺專門塗抹防曬油的機器。

「謝謝你，龍斗！」

抹完防曬油後，白河同學精神飽滿地起身道謝。

「不會啦，我才應該鄭重向妳道謝……」

「咦？謝什麼？」

「咦？不，沒事。」

糟糕，不小心洩露心聲了。

只是塗抹防曬油，就消耗掉我大量的精神。我實在很尊敬世界上那些去海邊約會仍能處之泰然的各位男朋友。

我應該很噁心吧……處男味顯露無遺。

環顧四周，那些帶女朋友來的男生們自然大方的舉動讓我為之折服。

或許是因為當地人很多，海灘上人們的肌膚都曬成了古銅色。他們即使身材不壯，身上還是有肌肉，而且感覺髮型也很帥氣。這也不奇怪，畢竟那些人都是能和女朋友去海邊約會的現充嘛。

當我看到似乎同樣是高中生的男生將手搭在穿著比基尼泳裝的女友腰間走過去的模樣時，不禁想問：「這是你第幾輪的人生啊？」陽光男真是太厲害了。

白河同學的前男友們八成也是這樣……相較之下，我卻是……

想到這裡，我就對自己這身明顯看得出是室內派的乾瘦身材感到羞恥。這件泳衣也是國三那年想要釋放大考壓力而不知為什麼和男同學們去泳池玩的時候買的陳年舊衣。

像我這樣的男生，在這種地方與如此可愛的女生待在一起，應該是件很奇怪的事吧……

「龍斗！」

就在這時——

某個粉紅色的球體飛到我面前，我反射性地用兩手接住它。是海灘球。不知何時走到海邊的白河同學朝我拋出球。

「趕快下水吧～！過來嘛、過來嘛～！」

看到那副燦爛的笑容，讓我稍微不再在意剛才腦中想的事。

「我要過去了！」

我如此回答白河同學，然後也走向大海。

於是跳進海裡的我們隔著一小段距離拿海灘球玩起傳接球。

「要過去嘍～龍斗！」

「嗯！」

「看招～！」

「好！」

「呀啊，被水潑到了～！」

由於雙方沒有隔得太遠，我拍球時打出的水花似乎濺到了白河同學的臉。

「啊，抱歉！」

接著，白河同學露出調皮的笑容。

「人家要潑回去！」

「哇！」

我的臉被海水濺到，一股鹹腥味跑進嘴裡。

「妳很厲害嘛，白河同學。」

「嘿嘿嘿。」

白河同學對我露出壞孩子般的表情。

「……好～」

「呀啊！」

看到我輕輕潑了潑海水，白河同學隨即轉身躲開。接著，她立刻用手掬起水面朝我這邊猛潑。

「哇！」

我不服輸地潑了回去。考慮到她臉上有化妝不方便弄溼臉，所以我的動作比較小；但白河同學出手毫不留情，讓我也變得越來越大膽。

「哈哈哈，住手啦～龍斗！」

「妳才應該住手吧～！」

在仲夏太陽的照耀之下，我們就像小孩子一樣雀躍地嬉鬧戲水。

◇

我們不知道玩了多久，潑完水後，又租了漂浮床輪流坐上去再滑進水裡，或是單純在水中追逐嬉戲。等注意到的時候，太陽已經移動很大一段距離。

白河同學是一位逗人開心的天才。我本來認為海邊是屬於現充的地方，與白河同學交往之前，上了高中的我仍然不覺得去海邊有什麼好玩，如今卻在不知不覺之間充分享受海邊的樂趣。

「唔哇，頭髮都溼透了。」

當我們上岸稍作休息時，白河同學一邊擰著頭髮一邊笑著這麼說。

「啊～玩得好開心呢。」

雖然白河同學在下水前先把頭髮紮起來了，但整顆頭已經溼到讓那個準備變得沒有意義。這也難怪，畢竟她剛才從漂浮床上掉進水裡嘛。

「肚子餓了嗎？」

「是啊，去吃點東西吧。」

之後我們去海之家買了炒麵與章魚燒，在鋪了墊子的沙灘上用餐。

填飽肚子後，白河同學仰望天空呼了口氣。

「還好今天的天氣很好呢～！」

「是啊。本來還聽說有颱風正在迅速接近，不知道颱風跑到哪裡去了。」

梅雨季結束後竟然就有颱風來襲，讓人越來越覺得日本最近的氣候十分異常。

「搞不好是因為人家平時很乖的關係呢～！龍斗要好好感謝人家喔？」

對於這句話還是別吐槽吧。我笑著說「是啊」，仰頭喝了口手上的彈珠汽水。

雖然已經差不多看習慣那副模樣了，但是一想到穿著泳衣的白河同學就在身旁……就在稍微動一動身體就會碰觸彼此肌膚的距離，仍然讓我心中小鹿亂撞。

說到泳裝打扮——

「……白河同學，有句話我剛才一直沒說……」

這個念頭一直徘徊在我的腦中揮之不去，所以雖然時候晚了點，我還是要說出來。

「嗯？」

白河同學疑惑地看向我。我對擺出那副表情的她說：

「拿、拿件泳衣……」

糟糕，我居然吃螺絲了。但是話已經說出口，要是停在這裡會顯得我很奇怪。

「咦？泳衣？」

白河同學看著我，等著我的下一句話。對這股壓力感到緊張的我繼續說下去。

「那件泳衣…………很、很適合妳。」

當我終於表達出意見，白河同學的臉「唰」的一下變紅。

「龍斗……」

那對大眼睛充滿閃閃水光，白河同學慌亂地開口說：

「這、這種話應該在這時候說嗎～？會不會太狡猾了？」

「咦，為什麼？」

「人家根本沒想到你會這麼說嘛～！」

白河同學慌亂地掩飾她的害羞，之後又露出微笑「嘿嘿嘿」地笑著。

「不過還是謝謝你。這件泳衣很可愛吧？是人家上個月與妮可一起去買的喔～！雖然人家大約試穿三十件後，就連妮可都有點受不了地說：『妳怎麼還不決定啊～？』」

「那確實會讓人受不了……」

山名同學真是為好朋友著想啊……

「然後呢，人家對妮可說要去海邊，她昨天打工完就到人家家裡幫忙畫了指甲～！你看、你看～！」

白河同學一邊這麼說，一邊伸出雙手在我面前攤開。

「和泳衣是同樣的花紋喔～！是不是很神？超可愛的吧？」

「嗯，好厲害啊。」

我還以為是去店裡找專業人士畫的。那套指甲彩繪的水準就是高到連我這種對打扮不在意的人都有如此感想的程度。

「因為暑假到了，所以就請她幫忙做了水晶指甲。」

「水晶指甲？」

「那好像叫指甲延長吧？就是用人工方式延長指甲～！做出來的指甲比自己原本的堅固，還能擴大設計空間喔。」

「哦。」

「這樣一來就能做出花俏的指甲彩繪，很適合暑假生活呢！」

「啊，可是下週還得去學校喔？」

下週是結業式，還得去學校一天。到時候會收到還沒發回的期末考試卷與成績單，之後就是愉快的暑假。

「哎呀～人家先偷跑了一點嘛。」

白河同學對我眨眨眼。

「總之人家很喜歡這套指甲彩繪！對了～把指甲和海景拍在一起傳到ＩＧ上吧～！」

白河同學說完就拿起智慧型手機，朝著海邊伸出一隻手，一根根彎著指頭，啪嚓啪嚓地開始拍照。

我則是默默地在一旁注視著她。

雖然鏡頭只有對著手指，但或許是一種反射動作，每當按下快門的瞬間，她都會自然地露出可愛的表情，令人感到十分憐愛。

這時，我突然與側眼看過來的白河同學對上眼。

「……啊，抱歉！」

她慌忙地放下智慧型手機。

「人家已經拍完嘍。你應該覺得沒事做很無聊吧？」

「不會，我不覺得無聊喔。」

我搖搖頭，指著白河同學的指甲彩繪。

「妳的無名指上是不是寫著『L』？那是什麼字的字首嗎？」

聽到我這麼問，白河同學的表情隨即明亮起來。

「沒錯！那是妮可幫人家加上的～！人家原本想要的是『RUNA（註：月愛的日文讀音為RUNA）的『R』，她改成和月亮女神LUNA一樣的『L』了！」

「嗯，我就覺得是這麼回事。」

雖然我不知道月亮女神是什麼，但我記得「LUNA」是與月亮有關聯的名詞。

「真虧你能發現呢～！好棒喔～！人家好開心～！」

發出感嘆的白河同學在這時皺起眉頭。

「……龍斗不會說『那種指甲不會妨礙做事嗎？』之類的話呢。」

「咦……？」

白河同學的話讓我一頭霧水，然後她帶著陰暗的表情繼續說：

「你不會有『這樣沒辦法做家事吧？』、『有辦法洗手嗎？』、『男生又不喜歡那種指甲，妳為什麼還要做？』，或是『感覺碰到會很痛，我不喜歡』之類的想法嗎？」

「咦？」

她為什麼能滔滔不絕地舉出那麼多例子……想到這裡，我這才注意到。

那或許就是白河同學的前男友們對她說過的話。

八成就是那樣。

「我不會那麼想喔。應該說……就算真的有那種想法，我也不會說出口。」

既然如此，我也該老實表達自己的想法。

「因為白河同學很喜歡指甲彩繪吧？即使會有點不方便，但就是因為能獲得值得這點不便的好心情，所以才會做吧？」

「嗯、嗯……是啊。就是這樣。」

白河同學有點不知所措地點點頭。

「既然如此……我覺得就沒問題。」

至少我認為自己沒有挑她毛病的權利。

假如別人對我說出「看KEN的影片也不會讓你受歡迎喔？而且感覺很噁心，不要再看了吧？」這種話，就算那個人是我所愛的女朋友，還是會感到不舒服。

己所不欲，勿施於人。我不懂指甲彩繪，但那對白河同學而言應該是很棒的事物。

「況且……談論自己喜好時的白河同學，看起來充滿活力……」

當我在腦中想著要怎麼講這些話的時候明明就很順暢，但話一出口就因為太不好意思而變得結結巴巴。

「……很、很可愛。」

我小聲地勉強把話說完，看著白河同學。

白河同學臉頰泛紅，害羞地抿著嘴。

「討厭~……龍斗太溫柔了。」

她抱著大腿嬌嗔道。接著，她把頭放在膝蓋上，面紅耳赤地抬起眼睛注視著我。

「你用那種話寵人家，人家會變得越來越任性喔？這樣可以嗎？」

好、好可愛……

可愛得讓我全身不停顫抖。

「……無、無妨無妨……啊，不對，可以呀。」

我受不了這種快要喘不過氣的感覺而開口，說出的回答卻亂七八糟。為了挽回面子，我只好繼續說：

「應該說……白河同學其實可以稍微任性一點喔。」

因為白河同學真的是個好孩子。就是她為人太好，比起自己的心情，她更以對方的感受為優先。

「至少在我面前……妳可以多任性一點喔。雖然我可能不太可靠……但、但還是妳的男朋友嘛。」

哇啊——有夠肉麻！我是會講出這種話的人嗎！

話才剛出口，我就被自己內心的聲音吐槽，臉頰瞬間發燙。

可是，若要老實地表達我的想法，就得這麼做。

「……這樣啊。」

白河同學露出彷彿鼻頭突然一酸的表情，將擺在膝蓋上的頭扭向反方向。

「人家第一次知道……男朋友是這樣的存在呢。」

感覺她的聲音中帶著一點鼻音。

「……白河同學？」

她哭了嗎？——想到這裡，我擔心地問著她。

「白河同……」

「吶，龍斗。」

然後，她帶著哽咽的聲音回話。

「嗯？」

「那麼……人家現在可以說個任性的要求嗎？」

「什麼要求？」

正當我思索著她想要什麼的時候，白河同學將臉轉向我。她用雙手揉了揉紅通通的眼睛，開玩笑地發出甜膩的撒嬌聲。

「再買一瓶彈珠汽水回來～！天氣太熱，人家的水分完全不夠～！」

「這與其說是任性的要求，只是要人跑腿吧。」

我笑著吐槽她，白河同學則露出慌張的表情。

「啊，等一下。我給你錢。」

「不用啦，才兩百日圓而已。」

我站起身這麼說，然後走向海之家。

……白河同學果然哭了。

我想像著她在過去的戀愛中所受過的傷，再次在心中發誓一定要好好珍惜她。

◇

在那之後，我們在海邊又玩了一段時間，最後在海之家沖澡更衣，在傍晚前離開海灘。

「……感覺天氣好像變壞了呢～」

當我們注意到時，天空已經在不知不覺間布滿烏雲。吹拂而來的風有些溫熱，空氣中帶著暴風雨來臨前的溼氣。

「不過既然難得來到這裡，還是上山看看吧！」

「好啊。」

我們走向江之島的島內，計劃往燈塔的方向上山，享用海鮮大餐後再回家。

雖然天氣狀況讓人在意，反正沒有下雨，所以還是按照原訂計畫進行。我們爬上好幾百階的階梯，在燈塔底下拍了幾張照片，再走進有「生魩仔魚」料理的餐廳。

「很抱歉，今天沒有賣生魩仔魚喔。」

當我們入座後想點生魩仔魚時，店裡的人卻對我們這麼說。

「賣完了嗎？」

「不是，今天因為颱風的關係海象不佳。只有當天現捕的魩仔魚才能給客人生食。」

「這樣啊。那麼人家要鮭魚卵和水煮魩仔魚的雙拼蓋飯～」

「我要鮪魚生魚片和水煮魩仔魚的雙拼蓋飯。」

就在我點完菜，不經意看向窗外時——

「……啊，下雨了。」

聽到我的自言自語，白河同學跟著看向窗外。

「真的假的……人家沒有帶傘耶。」

「我也是……」

「上午時天氣明明還很好耶～颱風果然要來了吧。」

「還好待在海邊時是晴天呢。」

「就是說呀～！運氣太好了。」

不過當蓋飯上桌、用完餐之後，外頭已經演變成容不得我們如此悠哉的傾盆大雨。

「……這狀況感覺很不妙耶？」

白河同學在餐廳門口的屋簷下吃驚地喃喃自語。

打在地面的雨水太過猛烈，看起來就像地面瀰漫著五十公分高的煙霧。

「不過待在這裡也不是辦法……得想辦法衝到車站才行。」

我們趁著雨勢變小的時候，穿梭在屋簷之間躲雨，花了好一段時間才終於抵達車站。

然而——

「停駛……！」

由於豪雨導致沿線鐵路淹水，車站廣播公告我們要搭乘的電車停駛了。不只是江之島，整個首都圈的路面電車似乎都無法正常運行。

「怎麼辦……」

正午時分的海邊明明有那麼多人，然而在不知不覺間，連車站前也變得冷冷清清。渾身溼透來到車站的人們一得知電車停駛，就紛紛到站外圓環招計程車坐車離去。

「……我們也坐計程車回家吧？」

「咦，不行、不行！車資會很恐怖喔？我們那邊幾乎在埼玉耶。」

「說得也是呢……」

我用智慧型手機查了一下，看到將近三萬日圓的估算車資時嚇得臉色發白。

即使抱持一絲希望等了又等，仍然不見強烈的雨勢有止歇的跡象。

「已經六點了啊……」

我們原本預定四點時打道回府，卻遇上意外狀況陷入這種窘境。

電車今天還會開嗎？

每次查詢電車行駛狀況，得到的結果都不同。即使搭乘計程車到還有電車行駛的車站，也無法保證能從那裡轉車回家……

我詢問了一下白河同學，得知兩人手上的現金合計約有九千日圓。我們必須謹慎使用這筆錢才行。

考慮到最後，我們各自聯絡了父母（用和朋友在一起的說法）。經過一番商量，我們乾脆地決定找間旅館過夜。幸好明天是週日，彼此都沒什麼行程。

做好決定離開車站後，在大雨中行走仍然十分困難。當我們終於抵達用智慧型手機找到的合適旅館時，已經被雨淋成落湯雞。我們的模樣甚至淒慘到櫃檯小姐連忙拿出毛巾給我們擦拭身體。

「兩人一晚六千日圓，附早餐。」

聽到這裡我們對看了一眼，慶幸有地方可以住。

「那就麻煩您了……」

「住一間房可以吧？若是一人一間，每人得收五千日圓。」

我們再次望向彼此。

「呃……」

一人五千日圓，兩人就是一萬日圓，超出了預算。而且現在若想再去找更便宜的旅館，不但得在豪雨中行走，也無法保證找得到。

「……人家可以喔。」

白河同學移開眼神，低聲這麼說。

於是，我們就在江之島的一個旅館房間裡共度這個颱風夜。

◇

這是什麼發展？怎麼回事？

接下來將要和白河同學在同一個房間裡共度一夜……也就是說，該不會……該不會……

難道說！

光是想想，身體的某個部位就開始發熱。至於是什麼地方我就不講了。

「啊，房間比想像得還要像樣呢～」

旅館人員帶我們抵達的房間是一間約五坪大的和式客房。由於窗邊沒有設置外廊的空間，看起來就像鄉下老奶奶住的房間，充滿某種懷舊風情。

「……白河同學，妳要不要去洗澡？應該很冷吧？」

「咦，那龍斗呢？」

「我會先把衣服換掉，沒問題啦。」

由於旅館附設大型澡堂，我們決定輪流入浴，於是我目送白河同學離開房間。

而我則換下溼透的衣服，穿上旅館準備的浴衣……然後整個人癱在房間的榻榻米上。

沒問題才怪～～～～！

這是怎麼回事？白河同學的那句話到底是什麼意思？

——人家可以喔。

那句「可以」是哪種「可以」？

是純粹允許我們兩人住在一個房間裡嗎，還是……包含了「在那之後」的事？

我向白河同學告白後沒多久就踏進她的房間，卻錯過寶貴的初體驗機會，而那件事至今已經過了一個月。

在這段期間裡，難道……難道白河同學……改變心意打算和我上床了嗎？

然後，她不想再煩惱該在什麼時機表示，才會說出剛才那句話嗎？

我搞不懂。我不是白河同學，無法明白她的想法。可是……唉呀，果然是……

難不成我能在今晚與白河同學合為一體……？

出生在這個世上十六年……宣告我的處男人生劃下句點的時刻總算到來。

不再是處男，會是什麼樣的感覺？會不會從此變得心有餘裕，人格也獲得成長呢……？

腦中塞滿這些亂七八糟的想法讓我坐立難安，結果就在等待白河同學洗完澡的這段期間莫名其妙地做起仰臥起坐運動。或許是因為我嫉妒白天時在海灘上看到的那些身材纖細的肌肉男吧。

「讓你久等了～龍斗。」

當穿著浴衣的白河同學回到房間時，我已是滿身大汗。

「怎麼了？冷氣不冷嗎？」

「不是啦，我只是做了點仰臥起坐……」

「咦～真是意外！你還會做運動啊～？讓人家摸摸看你的腹肌～！」

白河同學天真無邪地說，同時靠了過來。

「咦，不是啦……！」

這只是內向的邊緣人隨性做點運動，練不出值得讓別人摸的大塊肌肉。最重要的是，如果現在被白河同學碰到就……我連忙扭身閃過她的手。

或許是理解到我的反應所代表的意思，白河同學停住了手。

「啊……抱歉。」

她的嬉鬧表情瞬間變得很尷尬，手也縮了回去。

接著她露出宛如刻意裝出的微笑看著我。

「龍斗也去洗澡吧。那好像叫做岩石浴池？泡起來很舒服喔。」

「嗯、嗯……好啊。」

我就像企圖逃離這股尷尬的氣氛般衝向澡堂。

怎麼回事？這次又是怎麼了？

那句「抱歉」到底是什麼意思……

是因為我的樣子看起來不想被人觸摸而道歉嗎？還是「人家今天沒有想上床的意思，真抱歉讓你會錯意了」呢……

但若是如此，剛才那句「可以喔」代表什麼意思……？

腦中來來回回地不斷思索這些問題的我走進澡堂，洗澡時還搞不清楚究竟是洗過了頭，還是只是沖溼了頭髮而已，感覺自己似乎洗頭洗了兩三次。直到最後沖水時才因為頭髮的乾澀觸感而回過神。

順帶一提，白河同學所說的「岩石浴池」，不過是用仿石牆圍起來，比一般家庭用浴缸還大一點的普通浴缸。但這裡畢竟只是能給高中生臨時住宿、價格又很公道的旅館，因此沒辦法抱怨什麼。

當我回到房間時，白河同學正在喝茶看電視。

「電視說颱風今晚就會過去～太好了，明天就能回家嘍。」

「這、這樣啊……太好了。」

颱風的事情已經完全被我拋到九霄雲外。

即使待在室內都能感受到外頭的風雨有多麼強勁，窗子偶爾劇烈震動發出的聲響猛烈得讓人在那個當下感到害怕。

「……！」

進屋之後，我的注意力被兩床並排的被褥吸引過去。

「啊，剛才旅館的人來過。人家說我們已經吃過飯，對方就先鋪了床。」

「這、這樣啊……」

既然我們要在同一個房間睡覺，當然會鋪兩床棉被嘛……

「龍斗，你要喝茶嗎？」

被白河同學這麼一問，我一邊含糊不清地點頭回應一邊來到方桌旁，在白河同學的身邊坐下。

白河同學打開桌上的茶壺，再打開同一張桌子上另一個罐子的開洞蓋子，將茶壺裡泡過的茶葉倒進去丟掉，換上新的茶葉，將熱水壺的熱水注入壺中。她熟稔地使用著我獨自一人時八成不知該怎麼使用的各種工具。

擅長泡茶的辣妹……有種反差感，真不錯。

「請用，龍斗。」

「謝謝……」

感到意外的我接過斟滿綠茶的茶杯，愣愣地盯著白河同學。

「……怎麼了，龍斗？」

白河同學先是看著我，接著害羞地偏過頭去。

「別一直看人家啦。人家現在沒有化妝。」

「咦……」

這麼說來確實如此，畢竟才剛洗完澡嘛。因為她的臉沒有多大的改變，所以我沒注意到這件事。

其實經她這麼說多看一下之後，還是能找到幾個不同之處。像是眉尾變得有點淡，五官也比平常還要稚嫩。

平時的我不會這麼想，但是經過仔細的觀察……總覺得沒化妝的白河同學所散發出的氣質與黑瀨同學有那麼一點相似。以兩人平時的模樣，鮮少有人能注意到她們是雙胞胎。不過若是現在的白河同學與黑瀨同學站在一起，似乎就能稍微看出來了。

說到黑瀨同學，自從我和她交換LINE的ID之後，她就時常發訊息過來。剛開始如同她原本所說，要我教她功課。當我想隨便打發掉時，她就指定了具體的日期。我用「那天有事」或「暑假時我要上暑期輔導」（這是真的）之類的回答婉拒，結果被她逼問：「那你什麼時候才有空？」我一直拖著沒有回答。

我應該和黑瀨同學私下見面嗎？雖然她是白河同學的親妹妹，我不想表現得太過冷漠，但她對我而言畢竟是異性，再說她與白河同學的關係看起來不算非常良好，找來白河同學讓我們三個人一起見面很難說是否恰當。而且就算過去發生過一些事，我仍然有些在意黑瀨同學。若是白河同學知道了那些事，一來得解釋很久，二來還可能因為說了實話，反而造成誤解……我越想越覺得麻煩，回應黑瀨同學時就變得很曖昧不清。

「人、人家沒化妝的臉有那麼糟糕嗎？不要一直看啦～！」

「咦？」

我茫然地看著白河同學思考黑瀨同學的事，害得白河同學害羞起來。

「啊，不是啦……跟化妝後沒有什麼不同喔。只不過……」

「只不過？」

「看起來有點稚嫩……很、很可愛。」

與黑瀨同學相似的事就暫且不提吧——我這麼想著。

「咦～真的嗎？」

白河同學紅著臉，深感懷疑地看著我。

「感覺好害羞喔～！你還是別看啦。」

「咦，沒有啦，我覺得很不錯喔。」

「討厭、討厭！你去看颱風的新聞啦！」

於是我和白河同學就喝著茶看起電視。

過了一段時間，看膩了一再重複的颱風消息時已是晚上十點鐘。無事可做的我們刷了牙，不知為何開始準備就寢。

結果我還是不知道白河同學打算怎麼度過這個晚上。

「……那我關燈嘍。」

「嗯。」

由於完成了睡前準備，因此我拉了拉繩子，將房間的照明切換成小夜燈。

我鑽進白河同學旁邊的被窩，注視著陰暗天花板的木紋。

睡不著……

在這種心跳不已又心癢難耐的狀態下，根本沒辦法入睡。

「……吶，龍斗。」

就在這時，身旁的被窩傳來聲音。

「嗯、嗯？」

「你還好吧？睡得著嗎？」

我不明白她的意思，將頭轉向一旁，接著便看到白河同學將半顆頭露出被窩，以不安的表情看著我。

隨後她突然起身，爬到我的旁邊。

「怎、怎麼了？」

「剛才真的很抱歉。因為雨下得那麼大，人家從頭到腳都淋溼，妝也糊掉，走路也走累了……而且又沒有錢，實在沒力氣再走出去找別家旅館。總之人家因為想要早點休息，才會說可以住同一間房……」

「喔……」

剛才那句話是這個意思啊。原來沒有色情方面的深意……

我對自己的自作多情感到羞恥，心癢難耐的感覺瞬間消失。

她似乎還有很多話想說，因此我也從被窩中坐起身。

「可是，人家洗完澡冷靜下來後想了想，龍斗畢竟是男生，又是人家的男朋友，感覺應該沒辦法在這種情況下保持平靜吧？」

「…………」

白河同學想說什麼呢……當我正在思考時，她又靠過來一點。

在陰暗的燈光中，她抬起那對大眼睛注視著我。

「要不要……來做呢？」

「……！」

白河同學身穿的旅館浴衣胸口處微微敞開，稍微能看到乳溝。從纏著深藍色腰帶的細腰到渾圓腰部的曲線有如美人魚般美麗性感。一度平息的胸中慾火再次燃起，讓我感覺到身體迅速發燙緊繃。

「可……可以嗎？白河同學妳願意嗎？」

我從乾渴的喉嚨中勉強擠出沙啞的聲音。

「妳還沒有想要主動和我上床的想法吧……？」

雖然我已經有八成的意願想要上床，不過既然在交往之初的時候耍了帥，就非得先確認這點不可。

「嗯……」

白河同學躊躇地點點頭。

「可是人家覺得害龍斗得忍耐很不好意思。」

「但如果因為我想做而做，不就換成白河同學必須忍耐這種事了嗎？」

「與其說人家必須忍耐……可是人家畢竟喜歡龍斗，對這種事不算討厭喔。」

太棒啦——！在心中的另一個我大聲叫好。

身體方面也已經準備萬全。

那麼就來吧……正當我吞了吞口水的時候——

「只是啊……」

如此說道的白河同學垂下眼睛，嘴角浮現微笑繼續說：

「人家在與龍斗交往之前，不太有想要主動觸碰男朋友的念頭。但是呢，在之前搭小船的那個時候……是人家有生以來第一次出現『想要接吻』的想法。而且在那之前還牽了手……比起一個月前，人家現在絕對更喜歡龍斗。」

「白河同學……」

她對我竟然抱持那樣的感情……

我開心不已，胸口洋溢著一片暖意。

「想到這裡，人家就有點期待了。往後人家會越來越喜歡龍斗，越來越想觸摸龍斗……當人家真正期盼跨過最後一線而和你上床時，那應該會是人家有生以來第一次，身體與心靈都得到真正的快樂吧。」

白河同學露出幸福的微笑低聲說。

「這樣啊……」

我感到好開心。相對地，內心猛烈的慾望變得越來越小。

這下子不行了啊……若是聽到這種話……今晚……

今晚就做不成了……

可惡啊啊啊啊啊啊啊——————！

我在心中流著血淚放聲咆哮，同時只能決定撤退。

「……我明白了。那麼今天就先睡覺吧。」

我吞下淚水，死命擺出冷靜的表情，裝出酷酷的模樣。

「明天要早起長途移動，而且發生了這麼多事，妳應該也累了吧。」

「咦……」

聽到我的話，白河同學吃驚地抬起頭。

「這樣好嗎？上床的事呢？」

「不用了，下次吧……等到白河同學有那種意願時再說。」

「龍斗……」

白河同學垂著眉毛，用溼潤的眼神看著我。

「龍斗為什麼這麼溫柔呢？」

「咦……？」

這算是溫柔嗎？

若是和我站在相同的立場，我認為任何人都只能做出這種決定……

不過，如果這個決定被視為溫柔——那也是我出於對白河同學的心意，而採取了那樣的行動。

那都是因為我……

「……因為我喜歡白河同學。」

當我這麼回答的時候，眼前的白河同學開心得眼睛閃閃發亮。

隨後她雙手摀著臉龐，肩膀上下抖動。

「白河同學？」

她在哭嗎……？

「……嗚……嗚嗚……」

忍不住的嗚咽聲從那緊抿的雙唇中流洩而出。

「對不起……人家太開心了……」

白河同學一邊抽泣，一邊像是為自己辯解似的說。

「咦……妳、妳還好吧？」

我只能露出不知所措的樣子。

「……嗯，抱歉……」

等到她稍微冷靜下來之後——

白河同學擦掉眼淚，不好意思地露出微笑。

「……抱歉。人家和龍斗在一起的時候好像特別容易哭。抱歉喔。」

「沒有……什麼關係啦。」

她根本沒有必要道歉成那樣，卻接連說了兩次「抱歉」。

「因為這樣很煩吧？你只是很普通地聊天，人家卻變成這副德性。會不會覺得很麻煩？會不會覺得人家腦袋有問題？」

「不會啦。」

為什麼她會說那種話？我想八成是前男友造成的吧。

我不知道是她的前男友實際親口對她說過，還是白河同學從那些人的態度裡感受到了內心話。

但無論如何，我都希望早點讓她從這種心靈束縛中獲得解脫。

我終於明確地注意到了。

被前男友困住的，不只我一個人。

「我不會那麼想……反倒覺得很開心喔。」

「為什麼？龍斗你是無聖嗎？」

「無聖……」

無可挑剔的聖人。

最近的女高中生會把網路用語拿來說啊。雖然我也是最近的男高中生，但算是偏阿宅的人，聽到有人直接說出這種用語還是讓我嚇了一跳。

「不是喔。」

我被她逗得笑了出來，接著回答道：

「我不也是被妳打動了內心嗎？之前白河同學說過的『真正的喜歡』……我感覺自己似乎接近了那種感情。」

這讓白河同學的眼睛再次泛出水光。

「龍斗……」

這句話使得白河同學的臉頰稍微變得潮紅，接著她開口說：

「吶，龍斗。人家可以再說句任性的話嗎？」

「嗯？可以啊。」

我點了點頭，白河同學隨即害羞地表示：

「可以抱緊人家嗎？」

「……咦？」

「不行嗎？」

「不是啦……」

雖然不是不可以，但既然已經決定今晚什麼都不做……若是在這種兩人獨處的密室之中緊貼著彼此……

「來吧！」

白河同學張開雙手，對我露出笑容。

「嗯……」

我懷著緊張的情緒，伸出雙手輕輕將那具身體擁入懷中。

第一次抱住白河同學的身體，比我想像得還要柔軟、溫暖。她身上沒有噴平時用的香水，散發出和我的頭髮一樣的旅館洗髮精氣味。透過薄薄的浴衣能夠直接感受到柔軟有彈性的胸部觸感，讓我不禁心中小鹿亂撞。

「龍斗，你好溫暖……人家好安心。」

白河同學的聲音在耳邊輕柔地響著，我的心跳快得直打哆嗦。危險……若是繼續貼在一起，我身體深處的那股火熱可能就要復活了。

「吶，可以就這樣一起睡覺嗎？」

那句話讓我的心臟一緊。

「就這樣的意思是……咦？就這樣子嗎？」

意思是緊緊貼著彼此躺在一起，維持這種姿勢直到早上嗎？

「……哈哈哈！開玩笑的啦～！」

看到我慌張的模樣，白河同學笑著抽離身體。

「啊，吶～吶～這樣好了，我們牽著手睡吧？」

「咦，嗯……」

若是那樣，我或許還能儘量勉強忍住。

於是我和白河同學躺在並排的被褥上，牽著對方的手。

溫暖、柔軟、纖細的手……這是白河同學的手。

「吶～龍斗。」

「嗯？」

「…………」

我看了一眼沒有回話的白河同學，便看到她正注視著我。那張表情上似乎有些不安。

「怎麼了？」

「……沒事。」

白河同學對我的問題搖了搖頭，露出彷彿勉強擠出的微笑。

「交往兩個月的紀念日時，我們也會像這樣待在一起吧？」

「像這樣……但我可不想再被颱風攪局就是了。」

「哈哈哈，說得也是。」

這個回答明明沒有那麼有趣，白河同學卻笑了出來。

我當下只是拿白河同學的話開點玩笑，但或許應該好好回答她才對。

此時的我完全沒想到自己日後會對這一刻的反應後悔不已。

為什麼偏偏是加島龍斗……

其實我早就隱約察覺到了，加島同學對我好像沒什麼興趣。只要打開ＬＩＮＥ的訊息欄，就算是笨蛋也看得出來。

但是，為什麼是月愛呢？那種婊子到底是哪裡好？

我承認她的胸部確實比我有料，但就只有這種身體上的優勢……這樣啊，是身體啊。

男孩子對慾望很老實。接近我的男生臉上全都寫著「想要做愛」這幾個字。

加島同學之所以對我沒有興趣，一定是因為月愛滿足了他的慾望吧。都是因為那個婊子用身體釣走了他。

既然如此，若是我也學月愛做那種事……或許還有機會？

但是等一下，海愛。

加島同學這個人，真的是不惜讓我那麼做也要吸引他回頭的男人嗎？

吶，海愛。妳是不是只是在意氣用事？

只是因為又輸給了月愛，就像爸爸被搶走那時一樣……

……我不知道。可能是，也可能不是。

可是，我也沒辦法控制自己。

就僅僅是每天早上互相打招呼，就僅僅是坐在他旁邊上課，我對加島同學的感情就日漸濃烈。

我好想再被他用那雙認真的眼神斥責一次，就像那時候一樣。

例如「妳是個壞孩子呢，海愛」，或是「竟敢玩弄男生，不讓他們碰妳，卻又把他們當成工具人，妳真的很壞」……

光是想像，全身就開始發熱。我好想被加島同學抱住……

這是我有生以來第一次感受到這種心情。

吶，加島同學。我是個想要搶走姊姊男朋友的壞妹妹喔。是個心懷鬼主意，非常壞的孩子喔……

一起來做壞事吧？一起墜入地獄吧？

加島同學是個正直的人，我就來設計讓他掉入陷阱吧。

加島同學很正直。即使被設計，一旦成為那種關係……他一定會好好珍惜我。

到時候他就會知道，我是比月愛更好的女人。

今晚是個暴風雨之夜呢。

你現在正在做什麼呢，加島同學……

第三章

早晨來臨時，颱風已經離開了。

由於我太在意與睡在旁邊的白河同學牽手的事，昨天晚上幾乎沒有睡著。

我們兩人用過旅館員工端進房間、看起來非常日式的早餐後，穿上用一個晚上晾乾的衣服，踏上晚了一天的歸途。

週日上午的上行電車車廂內很空，我們偶爾打打瞌睡，或是隨意地聊著天，最後抵達了A站。

「那就後天見啦。」

明天是期末考的補假，週二是第一學期最後一天舉行的結業式。

我們在白河同學家門口互相道別。

「嗯，下次見嘍，龍斗。」

一邊這麼說一邊揮手的白河同學突然換上嚴肅的表情。

「……交往兩個月的紀念日也麻煩你嘍？」

「嗯，好啊。」

聽到我的回答，她這才恢復微笑。我感到放心後朝她揮揮手。

看著白河進入家門後，我獨自走回A站。

週日正午的站前廣場上站著許多一邊等人一邊玩手機的人。經過那個區域時，常常會收到傳單或面紙。

今天也有幾個像是在發傳單與面紙的人在我行進的路上。

「請光臨居酒屋『酒神』，這裡有午餐優惠券喔～！」

是居酒屋啊……雖然我這麼想，仍然反射性地收下對方遞出的紙張。

「啊！」

發送優惠券的女生大喊一聲，於是我看向她的臉，接著吃驚地瞪大眼睛。

「山名同學！」

她是白河同學的好朋友山名笑琉。我在街上走路時不看別人的臉，所以沒注意到對方的身分。

山名同學穿著深藍色的工作服，腰間繫著圍裙。

「……妳正在打工嗎？」

「看了就知道吧？」

山名同學不客氣地回答，並且再次遞出優惠券。

「剛送完露娜回家？這樣正好，你來我們店裡一趟。」

「咦？」

「我想和你談一談露娜的事。要是私下見面會讓露娜擔心，在工作時談完比較好。」

「可、可是，那不是居酒屋嗎……？」

從我收下的優惠券內容，以及從白天就可以無限暢飲酒類看來，那間店感覺就是很正統的居酒屋。

「你怕啦？反正不點酒類也可以啊。我們店裡還滿多帶小孩來的客人喔？」

這樣啊……原來那些陽光男、陽光妹未成年的時候就會在居酒屋用餐。對於在外吃飯時只去過家庭餐廳或蓋飯店的我而言難度太高了。

「而且就只有我一個人耶？」

一個人獨自去居酒屋能幹嘛？況且山名同學還在工作，不可能一直待在我旁邊。

「帶朋友來就好啦。」

山名同學不耐地這麼說。

「還是說你沒朋友？」

「有、有啦。」

「那就帶他們來吧。人家今天的班會上到晚上。」

山名同學很快地說完，便繼續開始發她的優惠券。

「這裡有午餐優惠券喔～！」

「…………」

總覺得情勢逼得我今天不得不去。

總之我想避免落入獨自去居酒屋的窘境，而且也不想被認為沒有朋友，所以回到家後就打了個電話給阿伊。

「……喂，阿伊？」

「怎麼了？」

「今天有空嗎？」

「沒空啦～我正在和阿仁玩電動……喔～對對對，阿加打來的。」

喇叭的確傳出遊戲的背景音樂與人說話的聲音。

「咦，怎麼不找我？」

「你昨天不是和白河同學去海邊嗎？混帳！你乾脆當場爆炸算了！所以我們覺得你可能會很累。」

有一瞬間好像聽到他的內心話，應該是錯覺吧。

「……那個啊，你們吃過飯了嗎？」

「啊？午餐已經吃過了喔。外帶的特大碗起司牛肉蓋飯。」

「那要不要一起吃晚餐？順便叫阿仁一起來。」

「嗄？為什麼又邀我們？」

「山名同學找我去她打工的居酒屋吃飯。」

「山名是……我們班上的山名笑琉？你和那種超級辣妹有交流喔？」

「是透過白河同學的關係啦……山名同學是白河同學的好朋友。」

當我簡短地做了說明後，電話的另一端傳來沉重的嘆氣聲。

「阿加……你變了呢。」

「……不去嗎？」

果然如此——當我這麼想的時候……

「當然要去啦！」

對面立刻傳來兩道回答。

仔細一聽，還能聽到阿仁在遠處大喊「我要去！我要去！」的聲音。

「咦，你們要去喔？」

我吃了一驚。根據剛才的對話，我還以為他們會拒絕。

「怎麼可以被阿加拋在後面！管他什麼邊緣人的自尊！高二的夏天就是青春的最後機會！我也要在這個夏天變成現充！在班上同學打工的居酒屋吃飯，聽起來就超有陽光男的感覺嘛～！你說是不是啊，阿仁？」

就是說啊～！就是說啊～！──我還聽到這個聲音。

「好、好……」

算了，只要他們能來就好。

於是，我今晚決定和阿伊、阿仁一起在山名同學打工的居酒屋吃晚餐。

◇

居酒屋「酒神」在A站的站前鬧區，位於一到五樓都是餐廳的某棟大樓裡的三樓。

「歡迎光臨～！」

穿過店面的簾子，店員充滿朝氣的招呼聲便迎面而來。

時間還只是傍晚六點前，不過因為是週日，店裡已是人聲鼎沸，坐滿了客人。

「那個，我是工讀生山名同學的朋友……」

當我對前來招呼的男店員如此告知，對方就發出「啊～！」的一聲，點了點頭。

「是三位客人吧，請往這邊走。」

對方帶我們去的是一處需要脫鞋坐進去的挖洞暖桌型座位。桌子側邊靠牆壁，椅子前後方都設有隔板，靠走道處也有像紙拉門的門，幾乎就像一間包廂。由於我事前姑且還是透過LINE通知山名同學要來店裡的事，她或許因此幫我們保留了位子。

「請稍等一下喔～」

店員走掉後，我們有點緊張地坐進位子。在長椅型的四人座位上，阿伊和阿仁一組坐在我的對面。

「話說回來，你看了KEN今天的影片嗎？」

「啊～還沒有。昨天的影片我也沒看，所以先從那邊看起。」

「呿，現充就是這樣啦。」

「白河同學穿的是比基尼嗎？」

「咦？嗯……」

「可惡啊——！」

「開什麼玩笑，你去死啦！過得很開心呢，真是太好了！」

「就說你的心裡話跑出來了啦！」

「廢話少說，快把照片交出來！」

「照這種情勢我還有可能拿出來嗎！」

當我們聊到一半的時候——

「歡迎光臨～」

一位有著時尚氣質的女店員招呼一聲，將兩個大啤酒杯擺在我們面前。

我抬頭一看，那個人是山名同學。

「咦，我們什麼都還沒點……」

阿仁疑惑地說著，只見山名同學別有用意地眨了眨眼。

「這是招待啦♡謝謝你們捧場。」

就在這個瞬間，我目擊到阿伊與阿仁眼中冒出愛心的景象。

「這是可●必斯蘇打水。我調得特別濃♡在家裡可喝不到喲。」

「那個，我的呢……？」

「啊～你自己點吧。只要用那個觸碰式螢幕按幾下，訂單就會傳到廚房。」

我沒有招待飲料喔！話說她對那兩人表現出的樣子會不會差太多了？

「太沒道理了吧……」

當我一個人操作觸碰式螢幕點可樂的時候，阿伊與阿仁就開開心心地喝起啤酒杯裡的可爾●斯蘇打水。

「超級辣妹果然讚啦！」

「這個時代追求的是超級辣妹！」

「外表很可怕，內在卻很溫柔的反差未免太萌了吧！」

「讓人不得不喜歡如山！」

「因為她的名字是山名，是山名嘛！」

兩人情緒高昂，對山名同學讚不絕口，同時不停地喝著飲料。

「這味道真～～猛啊！」

「從來沒有喝過這麼濃的耶！」

「咦，真的嗎？有那麼濃？我也喝喝看……」

就在我伸手想要討一口飲料的時候，阿伊與阿仁同時護住自己的啤酒杯。

「不可以！這是超級辣妹只請我們喝的濃味可●必斯。」

「超級辣妹是非現充的夥伴！你不准喝～！」

被特別對待有那麼讓人開心嗎？只見兩人咕嘟咕嘟地用一口氣喝乾的氣勢灌著飲料。

「好吧～那我就點菜嘍。」

我帶著有點鬧彆扭的情緒，從螢幕上的菜單中挑選看起來很美味的料理。

「……總之先點這樣吧？你們看一……下！」

就在我打算把點的菜給兩人確認而抬起頭時——

「你、你們怎麼了！」

「……啊？」

「什麼事啊，阿加～」

阿伊與阿仁的樣子明顯很奇怪。他們兩人的臉紅通通的，眼神游移不定，連話都說不好。

「……啊！」

我驚覺到一件事，連忙拿起眼前阿仁的啤酒杯。

嘗了一口之後，我大為驚訝。

「嗯……這是什麼東西啊！」

味道確實是可爾必●。飲料泡得很濃，喝得出黏膩的甜味……但同時也能聞到一點點無法用碳酸掩蓋，令人作嘔的乙醇味。

乙醇……對啊，這就是……！

「你們兩個沒事吧？會不會不舒服？」

「啊？不如說我現在超嗨的啦……」

「就是說啊～超級辣妹讚啦～……」

阿伊與阿仁說完最後一句話，便倒在桌上……睡著了。

「鼾～……」

「呼～……」

真的假的啊。

應該說，真虧他們喝得下那種東西耶。大概是因為太高興，兩人的杯子幾乎都空了。

可是，他們的杯子裡到底為什麼會裝著那種東西……就在我如此思考的時候——

「啊～已經睡著了啊。」

山名同學正站在我身旁。

「拿去，你的可樂。」

將裝有可樂的玻璃杯擺到我面前。

「還有招待的薯條。」

等到她把裝著特大份炸薯條的籃子擺上桌後，她就坐到我的旁邊，關上有如紙拉門的包廂門。

「前輩說人家可以自由挑時間休息。」

被她的氣勢所震懾的我緊緊貼著牆壁，與她保持距離。

「呃，這是怎麼回事……」

「因為他們很礙事吧？人家想要私下和你談露娜的事。」

「咦？難、難道就是為了這個原因……」

「哎～有什麼關係嘛，反正他們兩人都睡得很香吧？畢竟誰都有出錯的時候。」

「出、出錯……？」

也就是說，因為調飲料時出錯，兩人的杯子裡多加了不必要的東西……？

不對，不可能有那種事……其實很難說，只是以她的樣子看來，九成九是故意的。

「可、可是，就算是出錯，如果被店裡的高層知道妳讓高中生喝了那種東西，山名同學不就會有麻煩嗎……」

「或許吧。但是人家知道店長的祕密喔。」

山名同學這麼說完，便用一隻手比出握拳翹起小指的手勢。以前我曾經看過某個親戚叔叔比這個手勢用來指稱「女性」。

難道店長搞外遇嗎……？莫非她打算用這件事要脅店長？

「山名同學，妳、妳好厲害啊……」

「會嗎？別看人家這樣，現在已經算很收斂了。在這一帶要是提到『北中的妮可』，就連不良少年也會縮起卵蛋呢。」

妳、妳在說什麼啊，山名同學！

「所……所以妳有什麼話要說？」

因為太過可怕，我催她趕快進入正題，接著山名同學的眼神突然變得很嚴肅。

「你已經和露娜交往一個月了，感覺怎麼樣？」

「咦……」

我不知道她問這個問題是什麼意思，只見山名同學一手擺在桌上撐著臉。

「露娜外表雖然是那個樣子，但感情方面很容易給人壓力吧？」

山名同學這麼說完，露出彷彿遙望著遠處的眼神。

「……人家和露娜第一次說話是在入學典禮那天。當人家在前進會場的隊伍裡發呆時，她就在對面向我打招呼，稱讚人家：『妳的指甲彩繪真好看。』」

我知道她們從一年級時感情就很好，但沒想到關係從這麼早的時候就開始了。

「隔天露娜就帶著全新耳環到學校給人家看。她說：『看起來很適合，就買了兩組一樣的。』將耳環送給人家，而且還問：『我們可以做好朋友嗎？』」

想起當時的事，山名同學噗哧一聲露出微笑，將眼睛轉向我。

「很莫名其妙吧？會不會覺得那種感情太沉重？正常來說都會被嚇到吧。」

我覺得那樣做很像白河同學的作風，想起她為了紀念交往一週而送我和她一樣的智慧型手機殼的事。

「不過，露娜超級可愛的對不對？而且為人又很上道。所以人家開心地認為，『自己想要當這個女孩的好朋友』。」

山名同學有些害羞地笑著，接著把撐著的手鬆開。

「雖然壓力很重這種說法聽起來好像很糟糕，但把內心託付給對方時，對方也將同等重量的心事託付給自己……兩邊用天秤一量若剛好等重，那麼雙方就都不會感到壓力沉重了。那就是良好的關係吧？也就是『兩情相悅』與『兩情相重』。你明白嗎？」

「嗯、嗯……」

原來山名同學是這麼會說話的人，真讓人意外。

「妳講了很好聽的話呢……」

「『北中的妮可』也身兼詩人喔。」

山名同學咧嘴一笑後，又恢復嚴肅的神情。

「可是呢，我們兩人再怎麼兩情相悅，那孩子喜歡的是男生，而人家也是。所以，人家和露娜沒有辦法變成『好朋友』以上的關係。這點讓人家很焦急……正因為如此，人家才希望她快點找到好對象。找到能讓露娜打從心底信任，使她內心感到平靜……可以長相廝守的那個男人。露娜想要的『男朋友』，不是可以拿來向朋友炫耀的帥哥型男，而是那種……彼此心意相通的男性。」

我在不知不覺間對山名同學感到欽佩，衷心地傾聽著她的話。

「那孩子之所以追求那樣的對象，或許是家庭環境造成的。」

山名同學喃喃說道，接著抬起眉毛。

「然而，那孩子過去交往的人全都是只有嘴巴甜，外表好看的笨蛋。露娜她每天早晚都一定會用ＬＩＮＥ傳訊息給你對吧？」

「嗯。」

「你不會覺得討厭吧？」

「嗯。她是想著我傳那些訊息的，我很開心喔。」

我的回答讓山名同學滿意地點點頭。

「那不就是所謂的交往嗎？」

是這樣啊。交往經驗只有一個月的我並不清楚，但既然山名同學那麼說，那就是了吧。

「可是那孩子的前男友們全都是一群人渣，所以理所當然地偶爾會聯絡不到。當那個孩子為此感到擔心時，他們就會以受害者的嘴臉批評『太有壓力』、『很煩』。真～的超希望他們去死一死算了。」

山名同學忿忿不平地如此說道，同時帶著怒氣伸手將桌上的薯條塞進嘴裡。那不是招待我的嗎？

「不過，露娜仍然不會說那些前男友的壞話。不只是前男友，人家從來沒聽說她講過誰的壞話。」

「嗯……」

因為我肚子餓了，所以也跟著拿起薯條吃。

「露娜她呀，個性太好了。她認為所有人都是好人，世上沒有徹底的壞人。所以與前男友交往時，也因為聽信那些傢伙口頭上說說的『喜歡』，最後卻遭到背叛而受傷。」

山名同學在這時停下拿薯條的手。

「露娜身上有個『兩個月障礙』的厄運。」

「兩個月……障礙？」

「她過去交往過的好幾任男朋友在交往不到兩個月時就被抓到劈腿。就算沒有劈腿，過了兩個月後男方也會變得越來越冷淡，在第三個月時分手。」

原來如此……所以才說是「兩個月障礙」啊。

「就算她信任你，但是在交往兩個月之前，露娜這時候的內心應該仍然很不安喔。」

山名同學這麼說，直直地注視著我。

「你能向人家保證，絕對不會做出害露娜不安的事嗎？」

我被那道銳利的眼神震懾……雖然不是出於這個原因，我仍然深深地點了點頭。

「我向妳保證，不會做出害白河同學不安的事。」

當我認真地回望並做出回答，山名同學又看了我一段時間。

「……這樣啊。那麼人家就安心了。」

接著她破顏而笑。看著露出孩童般無邪笑容的山名同學，我突然發現這是我第一次明確地看到她的笑臉。

於是，山名同學說完她想對我說的「話」了。

「這個該怎麼辦？」

站起身的山名同學指了指坐在一起趴在桌上的阿伊與阿仁。

「就算妳問我要怎麼辦……」

我也想知道啊。灌醉他們的是妳，請負起責任吧……不過我太畏懼她，不敢把這句話說出口。

「哎~看這個樣子，搞不好到明天早上都醒不過來呢。」

「這樣很傷腦筋耶！」

「算了，會變成這樣，也是因為人家『做錯飲料』的關係，人家之後會想辦法處理啦。只要讓他們睡個兩三個小時，應該就會自行醒來回家去吧。」

「真的嗎……？那就拜託妳了。」

在喝得爛醉的朋友面前獨自吃飯也沒意思，所以我將兩人託付給山名同學後，便直接離開居酒屋。結果我只有喝可樂、吃薯條而已。

雖然我很擔心兩人的身體狀況，但他們畢竟有兩個人，又只是睡著而已，而且山名同學還是同班同學，有什麼狀況應該會幫忙照顧。

就在我一邊想著這些事，一邊走下階梯時——

「……！」

我的腳下一個不穩，連忙抓住扶手。

感覺眼前的視野比平時還要狹窄，世界突然離我越來越遠。

胸口暖呼呼的，心情莫名地愉快。

……難道……是因為我剛才從阿仁的杯子中喝到的那一口？

「不妙……」

話說山名同學到底調了多麼亂來的「做錯的飲料」啊……

如果只喝一口就會變成這副德性，就無法認定是阿伊與阿仁特別容易醉。雖然也有可能是我較不勝酒力……

總之，反正接下來我只會回家洗澡睡覺，只要沒有被父母發現，應該就不會有問題……

就在我這麼想的時候——

口袋裡的智慧型手機在震動。我拿出來一看，發現是黑瀨同學用ＬＩＮＥ傳來的訊息。

「是什麼事呢……？」

可能是因為我拖著沒回訊息吧。不過，我該怎麼回答才好……雖然我這麼想著，但因為膽子比平時還大，沒想太多就按下了通話鍵。

「喂，是我。」

「啊，喂，是龍斗嗎？」

聽到這個聲音時，我將手機從耳邊拿下來，重新看了一次螢幕。

「白河同學？」

「哈哈哈，嚇到了吧？人家正在媽媽家，手機剛好沒電，所以借海愛的手機來用。」

確實是白河同學。我沒聽說她今天有這樣的行程啊。

「啊～……這麼一說，昨天就把行動電源的電用完了呢。我也借來用了，不好意思。來不及充電嗎？」

「嗯？啊～對對對～不過沒關係啦，反正已經聯絡上了。」

「妳和黑瀨同學聊過了嗎？」

「嗯。已經沒事了喲，謝謝你。」

畢竟已經可以去對方家借智慧型手機了嘛。接下來兩人的關係應該會慢慢回到原來的樣子吧。

「然後呢，龍斗……」

白河同學此時的聲音似乎有點緊張。

「人家想和龍斗聊一下天。想要……單獨和你見面。」

「聊天？」

她要聊什麼呢……就在我思考這個問題時，想起山名同學剛才說的話。

——就算她信任妳，但是在交往兩個月之前，露娜這時候的內心應該仍然很不安喔。

這麼說來，白河同學在江之島時的態度與平時也有點不一樣。

——交往兩個月的紀念日時，我們也會像這樣待在一起吧？

她為什麼會說那種話呢？她就是想聊這件事吧？

「……我知道了。白河同學，妳已經回家了嗎？我現在正在A站，要我去妳家嗎？」

「咦？不用……那個，人家還沒有要回家。所以，人家想跟你約在學校見。」

「學校？」

「因為人家想單獨和你見面……」

「可是，要約在學校……重點是我們有辦法在週日的這個時間進校園嗎？而且我穿的是便服喔……？」

我離開居酒屋前看了一下手機，時間已經過七點。天色也已經暗下來，現在是會讓高中生擔心周遭眼光的時候了。

「別擔心，人家會想辦法處理……不行嗎？」

我突然注意到白河同學的聲音比平時還要更加軟弱、纖細，宛如他人一般。這讓我擔心起來，心中只想著必須早點見到她。

「我知道了。總之我現在就去學校。」

「嗯。如果有什麼事，就聯絡這隻智慧型手機……傳訊息到海愛的ＬＩＮＥ喔。」

「好。」

嗯？雖然我有一瞬間感覺到某種不對勁，但是因為腦袋昏昏沉沉的，沒想太多就掛掉了電話。

「……白河同學怎麼了嗎？」

心中有股不安的感覺。

——你能向人家保證，絕對不會做出害露娜不安的事嗎？

——我向妳保證，不會做出害白河同學不安的事。

我一邊回想剛才與山名同學的對話，一邊穿過車站前的人群快步走向檢票口。

◇

抵達學校後，我看到側門沒有上鎖。不知道是因為有老師在，還是如同白河同學所說的那句「人家會想辦法處理」，她先到學校後用某種方式開了門。

龍斗
我到嘍。

海愛
到體育館倉庫來。

「體育館倉庫？」

那應該是體育館裡，放置體操墊與跳箱的地方吧。為什麼要選在那種地方……雖然我這麼想，不過既然來都來了，也只能照著她的指示過去。

體育館一片漆黑，但門沒有上鎖，倉庫的沉重拉門也是一拉就開。

「……白河同學？」

倉庫裡有一扇窗子，然而距離外面的燈光很遠，只透進微微的亮光。當我用還沒習慣暗處的眼睛掃視一遍陰暗的倉庫後，就看到一個人影坐在屋內深處。

「龍斗。」

對方發出白河同學的聲音。

「龍斗，過來這邊。」

我照著她的吩咐，靠近聲音的方向。

「在這種地方到底是要談什……」

就在我打算詢問的時候，白河同學衝進我的懷中。

「……白、白河同學？」

「吶，龍斗。」

白河同學摟著我的脖子，在我耳邊輕聲低語。

「人家想和龍斗上床……」

「咦？」

她說什麼……？

——往後人家會越來越喜歡龍斗，越來越想觸摸龍斗……當人家真正期盼跨過最後一線而和你上床時，那應該會是人家有生以來第一次，身體與心靈都得到真正的快樂吧。

她昨晚才說過那樣的話，怎麼才過了一天就改變想法？

既然她這麼說……可是等一下，要在這種地方做嗎？

雖然我腦中這麼想，身體卻很快出現了反應。再加上她勾起我昨晚那股心癢難耐的感覺，幫忙點燃了慾望之火。

即使我那沉浸於愉悅氣氛而感到輕飄飄的腦袋感受到一股異樣感，仍然緊緊抱住白河同學纖細的身軀。

「……白河同學，可以嗎？」

當我將鼻子埋進她的脖子，就聞到一股充滿女孩子味，有如香草的甘甜香氣。

「嗯……」

夾雜著嘆息聲的炙熱吐息拂過我的耳邊。

「白河同學……」

我再次抱緊她的身體，雙手用力地在她身上游移，彷彿在確認她的輪廓。棕色的捲髮宛如逗弄我似的搔著我的鼻子。

「啊……」

白河同學忍耐不住地發出低聲嬌喘。那個聲音無比煽情，令我興奮地直打哆嗦。

我對這種事完全是第一次，本來以為實際上陣時一定會手忙腳亂。但因為腦袋宛如籠罩著薄霧，模糊不清的意識奪去了平時對細節的在意，讓我能順著本能行動。

我的手從制服下襬探進去，手指在有點汗水的肌膚上滑動。

「啊……！」

白河同學仰起上半身，身體隨著這個動作貼向我。我感覺這個樣子的她好可愛，加大了抱住她的力道，感受著她的身軀。

「……？」

這時，我突然有種強烈的突兀感。

——可以抱緊人家嗎？

我的全身仍然鮮明地記得昨晚抱過白河同學的觸感。但無論怎麼緊抱雙臂，我仍然感受不到當時那對碩大柔軟雙峰的彈性。

……白河同學的胸部有這麼小嗎？

與此同時，有好幾個疑問一起湧上我的心頭。

白河同學有這麼嬌小嗎？她的身材的確很纖細，但如今在我懷裡的她，比我記憶中的體型小了一號。

而且連香氣也不是白河同學平時的味道。

從剛才就不斷累積的微小突兀感，已經變得越來越無法忽視了。

接著，最早讓我感覺到突兀感的真正原因，逐漸在模糊的腦海中浮現清晰的輪廓。

去黑瀨同學家玩的白河同學，為什麼會因為智慧型手機沒電而借用黑瀨同學的智慧型手機呢？如果人在家裡，借充電器不是比較快嗎？更別說還帶著黑瀨同學的智慧型手機獨自外出……智慧型手機的主人會容許她這麼做嗎？

就在我思考這些事的時候，懷中的白河同學胸前「嘟嚕嘟嚕」地發出機械的震動。

白河同學離開我胸前，發出「啊」的一聲，慌張地從胸前口袋拿出手機。畫面上顯示著「齋藤同學」幾個字，她手忙腳亂地按下通話鍵，之後再按了一次螢幕。

「黑瀨同學？我已經照妳的吩咐把倉庫上鎖！黑瀨同……」

智慧型手機傳出的聲音在這裡中斷。看來是因為她太過慌張，而沒辦法準確地按下停止通話鍵。

剛才聽到的聲音毫無疑問是我們班上的齋藤。就是以前黑瀨同學和我一起當值日生時，將黑瀨同學的檔案夾搬到教師辦公室的男生。

白河同學拿的是黑瀨同學的手機，會接到打給黑瀨同學的電話也沒什麼好奇怪的。

可是……我看到了。

智慧型手機螢幕發出的光所照亮的那張臉，與我認識的白河同學有些微的差異。

「黑瀨同學……？」

由於我太過吃驚，聲音有點沙啞。

這是怎麼回事？

妝容看起來與平時不同的黑瀨同學和白河同學確實有幾分神似。微捲的亮棕色長髮也有白河同學的樣子。

「為什麼黑瀨同學會在這裡……？」

我的大腦陷入混亂，搞不清楚發生了什麼事。

眼前的黑瀨同學看到我的模樣，整個人愣住了。

「白河同學呢？」

但是當我這麼一問，她就微微嘆了口氣，拿掉頭上的假髮。將綁住的頭髮解開後，黑瀨同學那頭一如往常的秀麗黑髮便散了開來。

「不知道，誰要管月愛那種人在做什麼啊。大概在家裡吃奶奶做的晚餐吧？」

「…………」

也就是說，這件事與白河同學毫無關連嘍？知道她沒有被黑瀨同學怎麼樣，讓我稍微鬆了一口氣。

「妳為什麼要做這種事……」

黑瀨同學對目瞪口呆的我甜甜一笑。當我逐漸習慣倉庫的黑暗之後，就越來越看得出對方的長相細節了。

「我和月愛雖然外表不像，聲音卻很相像。從小時候開始，我們打電話時甚至還會被父母認錯……吶，龍斗。」

有一瞬間，我還以為真的是白河同學在叫我。明明知道說話的人是誰，我卻不禁回頭看了看背後。

為什麼之前都沒有注意到呢？不對，不只是我，班上也沒有人提過這件事。可能是因為兩人說話時的聲調與用字遣詞完全不同吧。

正因為不知道這一點，我才會以為電話是白河同學打來的，連懷疑都沒有就來到這裡。

「……妳為什麼要做這種事？」

「我說過了吧？『人家想和龍斗上床』……」

黑瀨同學又模仿一次白河同學的聲音，然後露出微笑。

我想起剛才的事，心臟猛烈跳動。

對啊，我……對黑瀨同學做了那種事……

這股悸動與身上的冷汗是什麼樣的感情所造成的，連我自己也不知道。

但總而言之，我可以確定繼續待在這裡會讓情況很不妙。

「……那、那我先走了。」

我轉身返回入口，鐵門卻怎麼拉都拉不動。

「門已經從外面鎖上嘍。你剛才聽到了吧？」

「…………」

是齋藤鎖的嗎？

「為什麼……」

我背貼著門，渾身無力地癱坐在地上。

「齋藤同學是柔道社的，經常會使用體育館倉庫的鑰匙。我拜託他今晚找機會把鑰匙拿出來。」

我知道那是因為齋藤對黑瀨同學有歪腦筋，所以對黑瀨同學言聽計從。這也沒辦法，畢竟黑瀨同學是偶像級的美少女。

可是……

「……我要從窗子出去。而且學校還有老師在，可以打電話給教師辦公室……」

「這樣好嗎？就算被月愛知道也沒關係嗎？」

「咦？」

「我會對月愛說加島同學剛才做了什麼。」

「那是因為……！」

「……！」

正當我想要反駁的時候，黑瀨同學跪下來抱住我。

「但是——」

黑瀨同學附在整個人僵住的我耳邊輕聲說：

「如果你和我跨過最後一線，我就不會對任何人說。」

她說什麼……？

我想起山名同學的話。

——你能向人家保證，絕對不會做出害露娜不安的事嗎？

剛才抱住黑瀨同學時之所以起了色心，是因為我以為她是白河同學。

然而對方實際上是黑瀨同學……即使想用聲音相似，或是我醉了等理由辯解，在這裡與黑瀨同學相擁仍是事實。

如果在這裡發生的事被白河同學知道……

當我在腦中來來回回地想著這些問題的期間，黑瀨同學仍然緊緊擁抱著我。與柔軟肉體的緊密接觸，重新喚醒剛才的感覺。雖然此刻我依舊喜歡白河同學，身體卻違背了內心，一點一點地逐漸發燙。

「……如果和妳做到最後，妳就會幫我保密嗎？」

我戰戰兢兢地詢問，只見黑瀨同學點了點頭。

「嗯，我不會對任何人說。齋藤同學也不知道我就在倉庫裡面，事情絕對不會曝光。」

黑瀨同學在我耳邊輕聲說，繞到我背後的手也開始上下摩挲。

「如果你覺得月愛比較好，我也可以模仿月愛……吶，龍斗？」

腦袋明明知道是怎麼回事，卻產生了錯覺。

昨天夜裡那股被壓抑的情慾再次回到身體裡。當我回過神時，已經將黑瀨同學壓在地板上了。

「白河同學……」

「龍斗，來吧……」

黑瀨同學的手探進我的襯衫。

腦袋一片模糊，渾身充滿了炙熱。

只要黑瀨同學幫我保密……

但是，這種行為與背叛白河同學沒什麼兩樣。

一想到這裡，我就稍微恢復冷靜。

但是，比起因為沒有和她發生關係而導致事情曝光，害白河同學感到不安……

就算如此，背叛就是背叛。

天使和惡魔在腦中不斷交互低語，使我頭昏腦脹。

「龍斗……」

這時在我耳邊低喃的那個聲音，讓我回過了神。

——龍斗，你好溫暖……人家好安心。

就是白河同學昨晚在我耳邊幸福囁嚅的聲音。

她的聲音與溫度……確實很像。

然而在這裡的，並不是白河同學。

「黑瀨同學。」

恢復理智的我離開她的懷裡站起身。

「……我可以確認一件事嗎？」

從剛才開始，我就隱約有種不對勁的感覺。當時腦袋昏昏沉沉的，沒辦法思考那種感覺從何而來，可是如今我終於有頭緒了。

「雖然我猜黑瀨同學之所以會假裝白河同學把我約出來，是為了報復白河同學……」

黑瀨同學的雙親離婚時，自己最喜歡的父親選擇了白河同學而不是黑瀨同學，她對這件事心懷恨意。所以之前才會散布白河同學的負面謠言，欺負白河同學。這次的事我想仍然是那個行為的延續。

「若是如此，我和黑瀨同學……發生了關係卻沒有說出去，對黑瀨同學而言不就沒有意義了？」

黑瀨同學也直起身體，直接坐在地上抬起眼看著我。

「……為什麼會那麼想？你的意思是不管怎麼選，我都會對月愛說嗎？」

「畢竟，如果不是那樣……黑瀨同學不就拿不到好處了？不然妳是為了什麼……」

而誘惑自己不喜歡的男人呢？

就在我這麼想的時候——

「……我喜歡你啊。」

黑瀨同學突然低聲這麼說。

「就是因為喜歡你……我只是想要和加島同學做而已。」

「咦？」

怎麼可能……我不敢置信地看著黑瀨同學，只見她垂下眼睛渾身顫抖。在這麼陰暗的環境中，仍然看得出來她的臉頰通紅，嘴唇也因為咬得太用力而發白。

這副模樣怎麼看都不像演的。

「我喜歡你……從我散布月愛的謠言而被你罵的時候就開始喜歡你了。」

「為、為什麼……？」

「……我不知道，或許是因為你很為我著想吧。而且你也願意好好聽我說話……」

黑瀨同學看起來很害羞地回答，接著她繃緊表情抬頭看向我。

「就算是這樣，這些話對你也一點都不重要吧？」

黑瀨同學一副豁出去的樣子說，嘴角同時露出笑意。

「反正你要的只是我對月愛保密。」

「不對。」

完全恢復理智，思緒變清晰的我搖了搖頭。

「就算是這樣，我也不能再錯下去。畢竟這是對白河同學的背叛。況且……」

我朝直直望著我的黑瀨同學說：

「這樣黑瀨同學太可憐了。」

黑瀨同學聽到這句話後，吃驚地瞪大眼睛。

就在這時──

「誰在裡面？我聽到聲音了。」

體育館的方向傳來人聲，門鎖喀嚓一聲被打開，對方拉開門。

拿著手電筒的警衛站在門外，他似乎正在巡視校內。

「你們在這邊做什麼？幾年幾班的？我要向老師報告……」

當鐵門打開的瞬間，黑瀨同學就衝出門。

「喂，別跑！」

看到警衛不知道該不該追過去的樣子，我也跟著跑走。

「你們給我站住！」

假如警衛通報了老師，不只是白河同學，全校都會知道我和黑瀨同學單獨待在倉庫裡。

衝出體育館後，等在外頭的黑瀨同學表示：

「我走後門，加島同學從側門回家吧。」

「我、我知道了。」

「再見……」

正準備離去的黑瀨同學轉頭看向我。

「……總而言之，人家就是喜歡你。」

她露出微笑對我這麼說，接著就跑走了。

「…………」

被留在原地的我瞬間恍神了一下。

「……糟糕。」

不過我想起警衛還在後面，便連忙跑向側門。

◇

真是漫長的一天。

一旦回想起與白河同學牽手，卻只能心癢難耐度過的昨晚開始的每一件事，實在很難讓人相信這些全都發生在同一天。

當我回到家躺在自己房間的床上時，疲勞一口氣湧了上來。

我注視著天花板茫然地思考。腦中第一個浮現的，果然是黑瀨同學剛才的行為。

——總而言之，人家就是喜歡你。

那算是告白嗎？

如果是，我應該回覆她嗎？

儘管我在倉庫裡已經聲明不會和她跨過最後一線，但是在那之後因為被警衛逮到，最後在曖昧不清的情況下解散，感覺好像還沒有給她一個明確的回覆。

黑瀨同學……

回想起在倉庫裡發生的一連串經過，一股激烈的悸動便襲上來。

黑瀨同學好可愛啊。她想要什麼男人都可以隨便挑，為什麼選擇了我呢？

我國中一年級的時候喜歡過她，就算是現在，如果沒有和白河同學交往……不，講那種假設性的話沒有什麼意義。

現在的我不能想著白河同學以外的女人。

必須鄭重地向黑瀨同學表明這點。

想到這裡，我打開了ＬＩＮＥ。

我隱約覺得這時候不該躺著，於是端正地坐在床上，按下通話的圖示。因為我認為只用文字拒絕是一件很失禮的事。

「……喂？」

黑瀨同學立刻就接起電話。

「喂，黑瀨同學？妳回到家了嗎？」

「嗯。」

「太好了……那個，關於剛才妳說的事——」

「加島同學。」

對方的強烈語氣讓我停了下來。

「我已經明白你的答案，但是我想看著你的臉聽這個回答。」

「咦……」

「如果只是用電話講，我沒辦法死心。我不會再對加島同學造成困擾了。最後一次就好……可以再見一次面嗎？」

現在說話的是黑瀨同學，但那個聲音確實與白河同學有幾分神似。麻煩的是當我有這個念頭之後，就更加無法對她置之不理。

「……我明白了。但是只能在外頭見面喔？」

聽到我害怕再次發生今天這種狀況的語氣，電話另一頭的黑瀨同學輕聲笑了笑。

「我知道。在公園之類的地方就可以了？」

「今天已經很晚了，明天見好嗎？」

「嗯，明天天亮後再說。」

於是我們決定好具體的見面時間與地點，掛斷了電話。

◇

隔天是個悶熱的陰天。

即使時間接近中午，阿伊與阿仁的Discord仍處於離線狀態，我不禁擔心地用LINE打電話給阿伊。

由於昨天太過疲累，儘管在意兩人的狀況，我最後還是先睡著了。

「喂？阿伊？你沒事吧？」

雖然接通了電話，對方卻沒發出聲音。當我開口詢問的下一秒，對方就傳來幾乎要震破智慧型手機的巨大吼聲。

「沒事個頭啦啊啊啊啊啊——！」

「……怎、怎麼了？」

看來他們似乎出了什麼狀況，不過至少平安無事，讓我鬆了口氣。

「那個臭女人！什麼可爾●斯蘇打水啊！可●必斯不會讓人頭痛得要死吧！」

「就是說啊，開什麼玩笑！竟然玩弄邊緣處男的純情！」

不遠處傳來阿仁的聲音。

「阿仁也在嗎？」

「當然在啊，這裡是我家耶！」

「咦？」

「我昨天晚上住在阿仁家……老爸罵我：『你這個高中生竟敢醉得滿臉通紅在這種時間回家。』痛打了我一頓……把我趕出家門了。」

阿伊以沉痛的聲音對感到不解的我說明。

「我也是被爸媽狠狠罵了一頓。不過對他們說明是因為爛店員不小心做錯飲料的關係後，才勉強讓阿伊住進家裡。」

不管是故意還是不小心，會招待高中生那種飲料的店員確實不是什麼好東西呢……

「然後我們就睡著了。但是從早上就一直在吐，頭也好痛啊。」

「我決定這一生都不要喝酒了！」

「那個混帳超級辣妹！」

「而且阿加也不知道什麼時候跑掉了！」

「啊，關於那件事，真的很抱歉……」

兩人將恨意的矛頭指向我，於是我連忙道歉。

「你們兩人睡著之後我就沒事可做，而且山名同學也說會照顧你們……」

「照顧個頭啊，那個混帳超級辣妹！說什麼『人家要下班了，你們走吧』，丟過來兩瓶水就把我們趕出店裡！」

「那種傢伙才不是超級辣妹！就只是一隻惡鬼！」

「看我怎麼用日輪刀砍死她！」

「…………」

雖然我隱約有這種預感，但是她果然沒有好好照顧那兩人。

我也是第一次去居酒屋，不過害他們兩人有這麼糟糕的居酒屋初體驗，讓我相當過意不去……就在我這麼想的時候——

「居酒屋果然不行啊。」

「就是說啊。想要當現充，還是得像阿加那樣和女孩子一起去海邊才行。」

「雖然沒有女孩子，總之就先去海邊看看狀況吧。」

「是啊，總之去海邊吧。」

「明年會是準備考試的黑暗夏天，所以得趁今年去觀賞比基尼辣妹才行。」

阿伊與阿仁就像在逃避現實似的，開始談論起今年的抱負。

「……不過山名同學很擔心你們兩人的狀況喔？」

我怕要是這樣下去，山名同學在他們心中的形象會變得非常糟糕，所以幫忙辯護了一下，不過這也不算是謊言。

昨天晚上山名同學傳來一則訊息說：「他們平安回家了。如果狀況很糟糕的話，就買點薑黃液給他們解酒吧。」

「咦，真的假的？」

阿伊聽到我這麼說，語氣為之一變。

「就算是惡鬼辣妹，仍然有人心啊……」

「她的形象一下好一下壞，製造反差萌的技巧未免太高超了吧？」

「這個時代追求的果然是超級辣妹。」

「根本逃不出糖果跟鞭子的迴圈～！」

接著和阿仁不甘心地一搭一唱起來。太好了，我的朋友們都很堅強。

知道兩人平安無事之後，我們稍微閒聊幾句便掛斷電話。

接著我換掉家裡穿的運動服，準備稍後與黑瀨同學見面。

◇

我和黑瀨同學約在K站附近的大公園見面。我以前和黑瀨同學讀同一所公立國中，雙方的家距離很近，她現在搬回去的爺爺家就是以前住的地方。

我離開家門走十分鐘左右抵達公園。雖然距離約定的時間還有幾分鐘，但黑瀨同學已經在那裡等了。

「加島同學。」

當黑瀨同學看到我時，她開心地露出微笑。那張臉蛋十分可愛，讓我不禁為自己接下來要說的話感到難過。

由於我以前曾經喜歡過她，長相也符合我的胃口，因此更讓我過意不去。

但是，我非得把話說清楚不可。為了避免造成白河同學的不安，我必須乾脆地拒絕黑瀨同學。

「謝謝你願意來這一趟，加島同學。」

原來黑瀨同學也會露出這種溫柔的笑容啊。

那不是在教室裡做給男生們看的諂媚笑容，也不是散布白河同學負面謠言時的壞心笑臉；而是在喜歡的人或朋友面前才會露出的自然微笑。

喜歡的人……她果然真的喜歡我……

「要不要邊走邊聊？」

在黑瀨同學的提議下，我們漫步在公園的遊憩步道上。晴天時，這裡會是一個陽光穿過樹葉灑在地面的美麗場所；然而在今天這種陰天裡，只讓人覺得整條路很陰暗。考慮到仲夏的室外沒有多少地點能讓人舒舒服服地待著，旁邊有人工小溪經過的這裡相當涼爽，是個不錯的地方。

「我還以為加島同學被警衛捉到了。」

「沒事啦。那只是嘴上說說，沒有真的追上來。」

「這樣啊。畢竟他已經是老爺爺了呢。」

公園位於鐵軌旁的高地上，我們的對話偶爾會被經過的電車或從上空通過的飛機所發出的噪音打斷。

對話中斷好幾次後，我下定決心開口說：

「黑瀨同學。」

這時，黑瀨同學突然停下腳步。

「加島同學，我呢——」

盯著前方說話的黑瀨同學將視線落到腳邊輕輕微笑。

「來這裡之前，我很開心喔……感覺就像要去約會，又是煩惱要穿什麼，又是整理頭髮之類的……」

這段話使我驚覺過來，開始觀察起黑瀨同學的全身上下。她穿著黑色與粉紅色交錯的格紋連衣裙，手提包與鞋子都是黑色的。雖然不至於會被稱為歌德蘿莉，但整體配件都是統一的少女風格。

「不過，我卻被甩了呢。雖然明知會是如此，還是很難受……」

一粒一粒的水滴落在黑瀨同學的腳邊。我還以為開始下雨了而望向天空，眼神卻停在她的眼睛上。

黑瀨同學哭了。她緊抿嘴角，碩大的淚珠從強忍悲傷而瞇起的雙眼不斷溢出。

「過去向我告白的那些男孩子……還有加島同學，大家感受到的就是這種心情嗎？對不起，加島同學。害你有這麼難過的回憶……」

「抱歉，黑瀨同學……」

黑瀨同學一個字一個字慢慢說，肩膀劇烈地起伏。

即使我帶著明明白白拒絕她的打算來到這裡——

然而我感覺，對現在的她再說什麼都太殘酷了。這些話應該已經充分傳達了我的想法。

由於身為長著一張路人臉的邊緣人，我一直認定自己既不會有女人緣，也一定會被喜歡的女孩拒絕。然而，戀愛是人與人之間的緣分，講求的是時機。所以才會發生像黑瀨同學這樣的美少女被我這種不帥氣的男生拒絕，像白河同學那樣可愛的女孩常常被男性惹哭，或是像我這樣的男生與白河同學那種完美女孩交往的狀況。

我發現什麼邊緣人不會有女人緣，或是可愛的女孩在人生路上一帆風順的說法，都只是刻板印象而已。

雖然我絲毫沒有因為過去被黑瀨同學拒絕，就拿這件事來洩憤的想法。

——對不起喔，我只是把加島同學當成好朋友……

不過我仍然在那個瞬間感受到長期以來壓在心裡的大石頭完全消失了。

「黑瀨同學……坐下來稍微休息一下吧？」

遊憩步道上到處都有長椅。聽到我這個在意旁人眼光而提出的提議，黑瀨同學猛然撲進我的懷中。

「……！」

我立刻渾身僵硬，打算推開她。

「……嗚……嗚……嗚……」

然而看到眼前的她像個小孩子啜泣不已的模樣，就心痛地下不了手。

「……加島……同學……」

黑瀨同學一邊哭，一邊拚命地從喉嚨裡擠出句子。

「我要回家了……先稍微……讓我抱一下……」

「……我知道了。」

黑瀨同學將臉埋進我的胸口雙手環抱，死命地依偎著我哭泣。

雖然我知道自己不應該跟著抱住這纖細的身軀。

但是唯有這個瞬間，我希望能給她一個發洩的空間。

第三・五章　露娜與妮可的長時電話

「妮可，打工辛苦啦～！」

「喔～露娜。海邊玩得開心嗎？不過遇到颱風還真慘耶～」

「就是說呀～不過人家玩得很開心喔。還跟龍斗手牽手睡覺。」

「雖然已經從ＬＩＮＥ上聽聞了，但是那個男生還真是厲害呢。」

「龍斗很正直嘛。」

「是啊～如果只看這點，我倒是能認同。不過，正直的男生就未必不會劈腿喔？」

「嗯～……或許是這樣沒錯，但是就算如此，龍斗也是『the last man』呢。」

「啥？什麼意思，電影嗎？復●者聯盟？」

「呵呵。總而言之，就是不用擔心龍斗會劈腿。」

「……就算妳這麼說，在兩個月過去之前內心還是會不安吧？」

「……是啊，不知道為什麼。」

「應該是因為妳爸爸的關係吧？」

「……嗯。小時候媽媽對人家說過的話一直留在內心某處——『沒有不劈腿的男人，女人只能忍耐』。」

「可是妳媽媽不就是最後忍不下去，離開家了嗎？」

「嗯……可是人家覺得爸爸真正喜歡的還是媽媽。」

「啥？既然如此就別劈腿啊。我家老爸也是那樣，不惜傷害深愛的女人也要做的愛真的那麼吸引人嗎？」

「……不知道。」

「人家不想知道，也沒必要知道。」

「……人家過去和那些男朋友交往的時候，剛開始時就會隱隱約約在腦中想著『這個人或許會劈腿』。」

「所以人家每次都會在一開始的時候就警告嘛。但是露娜說『想要相信他們』。」

「嗯。雖然想要相信他們，結果都被背叛……不過因為已經先做好心理建設，感覺就有點能接受……或者該說震驚的程度勉強能忍受。」

「可是妳仍然哭得很慘吧，露娜……」

「嗯……但人家真的打從心底相信龍斗。所以……才會害怕。」

「害怕他萬一真的劈腿？」

「嗯……到了那個時候，人家不知道自己能不能承受……哎，雖說龍斗不可能會做出那種事就是了。」

「是啊～總之時間會解決一切吧。一個月後妳就會笑著說『果然根本沒必要擔心』。」

「就是呀～一定會沒事的。」

月愛一邊看著放在床上開啟免持聽筒模式的智慧型手機一邊笑著。獨自一人的她注視著與心愛之人同樣款式的手機殼，然後瞇細了眼睛。

第四章

第一學期最後的上課日，從早上開始就充滿了詭異的氣氛。

「啊，就是他嘛……」

「哦，看起來明明長得不起眼，卻很有一套呢……」

當我到學校時，發現從未交談過的同學們正看著我竊竊私語。

是因為白河同學的關係嗎？可是從我們公開交往到現在已經過了一段時間，為什麼現在才在談論？

當我進入教室走向自己的座位時，已經在座位上的阿伊一看到我就臉色大變。

「阿加啊！」

他突然站起身，晃著那巨大的身軀衝向我。

「早安，阿伊……」

「你做了什麼啊！」

「咦？」

「別多說了，跟我過來！」

被拉出教室、來到走廊上某個角落的我滿頭霧水地看著朋友的臉。

「怎、怎麼回事啊，阿伊？」

「該問這句話的是我吧！阿加，聽說你和黑瀨同學劈腿了？」

「咦……？」

我的腦袋一片空白。

想當然耳，我並沒有劈腿……我沒有那種想法。只不過……

「是誰說的？」

「大家都在說啊！來學校之後就聽到每個人都在聊這件事，連我都被那些陽光集團追問『是真的嗎？』耶。」

「為什麼會這樣……」

「你心裡有底嗎？」

阿伊瞇起眼瞪著我，害我不禁撇開了眼神。

「不，我是沒有劈腿啦……」

我連續兩天與黑瀨同學私下見面是事實。如果這件事被單獨拿出來曲解……可是那種不確定的間接證據有辦法讓人斷定「這是劈腿」嗎？

難道說……

「啊，喂！等一下，阿加！」

我聽不進阿伊喊住我的聲音衝回教室。

「你上過了吧？都已經有白河同學……還能跟那種美少女上床？可惡——！該死的假邊緣人！」

當我從迴蕩著阿伊踱地聲的走廊進入教室的瞬間，班上同學的視線全都集中在我身上，同時又紛紛撇開。

教室裡還看不到白河同學的身影。

我回到自己的座位放下書包。

「黑瀨同學，可以過來一下嗎？」

我對坐在隔壁的她如此說。

黑瀨同學的肩膀抖了一下，轉頭看向我。她似乎已經對我的要求有所覺悟。

「……好啊。」

她回話時的那張臉，看起來意外地沮喪。

我們走到附近的空教室。

當我一關上門，黑瀨同學就開口說：

「不是我做的。」

黑瀨同學仍然帶著陰鬱的表情。眼睛四周有點浮腫，看得出來她昨天哭到深夜。

「可是，妳又為什麼……」

「報復月愛是其次。我只是想得到加島同學的愛而已……」

黑瀨同學就像發出長嘆一般說：

「沒有成功做到最後卻散布那樣的謠言……我才不會做那種空虛的事呢。我好歹也有自尊心呀。」

看她那副模樣，不像是在說謊。

「……這樣啊，抱歉。」

當我道歉之後，黑瀨同學的嘴角浮現虛弱無力的微笑。

「我才應該為耍了你的事道歉。之後也會封鎖你的ＬＩＮＥ。」

「……嗯……」

既然走到這個地步，應該就只能這麼做了。

「那我們……走吧。」

就在我將手放到門把上，準備回教室的時候——

「吶，加島同學。」

被叫住的我回頭一看，就看見黑瀨同學的臉上浮現微笑。那張臉與剛才不同，消沉沮喪的表情中帶點欣喜的神色。

「如果以前我答應加島同學的告白……如今在加島同學身邊的人，會不會就不是月愛，而是我呢？」

黑瀨同學……

看到我沒辦法回答而陷入沉默的樣子，黑瀨同學的微笑再次黯淡下來。

「……我說笑的。這種事想了也沒用呢。」

她催著我離開，我也回了一聲「嗯……」，順手打開教室的門。

就在這個時候——

「呀啊！」

眼前的人影叫了一聲，腳邊傳來某個物體摔落碎裂的聲音。

那是裝著眼熟外殼的手機，讓我吃驚地抬起頭。

在我眼前的人正是白河同學。

她身後則站著露出惡鬼般恐怖表情的山名同學。

「龍斗……」

白河同學以一副不敢置信的表情微微地搖著頭。

「以前……拒絕龍斗告白的女生……就是海愛嗎……？」

啊——我突然想到。

她問出口了。

問出我還沒對白河同學表明的這件事……

「為什麼……為什麼不告訴我……？」

「對不起，那是因為……」

「你為什麼要道歉？」

白河同學帶著沉痛的表情，嘴唇不停顫抖。

「你做了什麼不得不對人家道歉的事嗎……？」

「不對，妳弄錯了，那是……」

「人家不想聽！」

第一次聽到白河同學那麼激動的聲音，讓我僵住了身體。

白河同學以崩潰的表情望著我，眼中泛出水光。

「為什麼？龍斗……人家不要，人家……承受不了。」

白河同學這麼說完便轉身離去。

「白河同學！」

她不顧我的呼喊，頭也不回地跑過走廊。

正當我想著必須追上去，準備拾起白河同學落在我眼前的手機時，伸出的手卻停在了半空中。

裂得有如蜘蛛網的手機螢幕上，顯示著我和黑瀨同學相擁的照片。應該是手機摔下來的時候把螢幕撞裂了。

「…………」

那是昨天在公園時的照片。照片從我的斜後方以拉近鏡頭的方式拍攝，從這個角度看不見黑瀨同學哭泣的樣子，也看不出來我並沒有伸手抱住她。

正當我回過神來準備拾起手機時，眼前有另一隻手率先把手機搶走。

是山名同學。山名同學惡狠狠地瞪著我，然後立刻將手機換到左手，再高高舉起右手。

「有夠差勁──！」

「啪」的聲音響起，臉頰傳來劇烈的疼痛。

我的臉歪向旁邊，讓我知道自己被打了一道耳光。

「……你這個渣男……」

山名同學又瞪了我一眼，隨即追在白河同學的後面離去。

「……你還好吧，加島同學？」

身後傳來這個疑問。我回過頭去，看見黑瀨同學露出擔心的表情。

「嗯……」

「那我走嘍。你應該不想再被誤會吧？」

黑瀨同學說完，就穿過我身旁走出教室。

被獨自留下的我回過神後急忙衝到走廊上。然而即使我想追上去，也找不到白河同學的身影。

儘管我先回教室查看，卻不見白河同學與山名同學的身影。

我摸了摸仍然感到刺痛的臉頰，指尖上沾了一點血。這應該是被山名同學的長指甲劃傷的吧。

為什麼事情會變成這樣……我到底該怎麼做才對？

在結業式的時候，我的腦中一直想著這個問題。

從同班同學的對話中，我得知白河同學手機上顯示的照片是其他班的學生拍的。拍攝者以前是K市另一所國中的人，昨天與讀同一所國中的朋友在公園時遠遠看到我和黑瀨同學，於是便拍了下來。那個人知道我和白河同學在交往，將照片當成獨家新聞傳給朋友後，結果一瞬間就傳遍了整個學年。
　那張照片很有衝擊性。即使不知道我和黑瀨同學是出於什麼關係，或是因為什麼原因而變成那副模樣，只要看過照片，可想而知就必定會認為是那麼一回事。
　白河同學應該很受傷吧。一想到這裡，我就覺得很對不起她。
　我得趕快說明一切，解開誤會才行。
　話雖如此，我沒有對她表明黑瀨同學就是我國中一年級時的告白對象，這點仍是事實。就算我沒有想要隱瞞的意思，沒有說就是沒有說。
　是啊……早知道就應該在黑瀨同學轉學過來的那天說清楚。
　可是，一來她碰巧就坐在我旁邊，又因為當值日生或各種原因而有很多交談的機會……我下意識地不想害白河同學操無謂的心，所以才沒有說出口。沒想到那樣的想法竟然造成了這種局面。
　如果只有那張照片，白河同學或許還聽得進我的解釋。然而，因為我隱瞞了與黑瀨同學的過去……她八成會懷疑我可能還隱瞞了其他事情。
　包含與黑瀨同學約在會被人看到的地點見面的決定在內，我以自己的方式為白河同學著想的舉動全都造成了反效果。
　我好想快點向她說明，好想快點向她道歉。告訴她自己雖然沒有劈腿，但還是很抱歉對她隱瞞了與黑瀨同學的事。

雖然我這麼想，白河同學卻一直沒有回來。

直到結業式結束，即使放學了，白河同學仍然沒有回來。

◇

灰色的暑假開始了。

隔天，我參加了補習班的暑期輔導。那是我本來就打算在升上高三後去的補習班，我帶著想要嘗試一下的心情，拜託父母讓我參加為期兩週的主要科目課程。

那是五月時就提出的申請，只是沒想到後來會和白河同學變成情侶……況且那是我在想像不到自己能與女生交往的時期所做的決定，因此沒辦法。

儘管如此，難得來到補習班，我卻聽不太進去課程的內容。只能一邊想著白河同學的事，一邊先把黑板上的東西抄在筆記本裡。

昨天白河同學把書包擱在教室裡，和山名同學一同消失了。她們應該在一起吧。我想向她解釋，當教室裡的人都走光後還等了一段時間，但是仍然沒看到她們回來的跡象，只好一路尋找白河同學，離開了學校。

在那之後，我還到白河同學的家附近等她。由於一直待在同個地方會被附近的人懷疑，因此我在路上走來走去，繞著她家直到天黑。晚上八點左右，一位容貌端正、年約四十多歲的男子走進白河同學的家。那個人應該是白河同學的父親吧，他的眼睛有點像黑瀨同學。等到九點仍然不見白河同學回家，我便放棄等待打道回府。原本我以為自己或許錯過了她回家的時刻，然而白河同學位於二樓房間的窗戶直到最後都是暗的。

至於LINE，無論我發了多少訊息，都沒有出現已讀的標示；打電話過去也只能聽到通話鈴聲。

雖然我姑且也發了訊息給山名同學，但同樣沒有出現已讀標示。

自從我們開始交往，這是雙方第一次在這麼長的時間裡沒有聯絡。我甚至開始擔心她的人身安危，但是既然山名同學和她在一起，我就只能相信她沒有遇到危險。

補習課程是上午三小時，下午三小時，每天不間斷，連續持續兩週。

下課後我在自習室寫作業，等到離開補習班時，外頭的天色已經暗了下來。搭車回家的路途中，我在A站下車，繞到白河同學的家一趟。確認白河同學的房間仍然是暗的之後，我垂頭喪氣地返回車站。

我已經連續十天以上，每天都過著這樣的生活。

時間來到暑期輔導最後一天的下午。

這時的我累積了不少疲勞。為了消除午餐後的睡意，正小口小口地啜飲放在桌上的罐裝咖啡，同時機械式地抄寫黑板上的文字。

就在這時，口袋裡的智慧型手機發出震動。這兩週的時間裡一直都是如此。雖然大部分都是應用程式的通知就是了……

當我心想是哪個程式沒有關掉通知而拿出智慧型手機時，卻瞪大了眼睛。

智慧型手機螢幕上顯示的是阿伊傳來的ＬＩＮＥ訊息。

伊地知祐輔
喂，你的女朋友劈腿了喔！
我把照片傳給你看。

「……！」

這是怎麼回事？

阿伊似乎還傳了照片過來，因此我連忙解除鎖定打開ＬＩＮＥ。

出現在畫面上的人——

毫無疑問是白河同學。

白河同學身穿泳衣開心地笑著，還挽著旁邊人的手。那個人……是一名有著小麥色肌膚的清爽型男。那位身材高挑、穿著葉子花紋襯衫的成年男子正注視著白河同學，露出憐惜的微笑。

「不會吧……」

我不禁喃喃自語，使得隔壁座位的學生瞧了我一眼。

龍斗
這是什麼時候的照片？

伊地知祐輔
就是現在！

龍斗
這是哪裡？

伊地知祐輔
千葉！
外房的海灘。

「千葉……？」
為什麼她會在那種地方？
白河同學和那個男人在做什麼？

雖然有很多事情想問，卻因為腦袋太混亂，不知該從何問起。

我就在這種情況下聽著課。

目前時間為下午一點半，距離下課還有兩個小時以上。不過，現在已經不是坐著上課的時候了。

我一口喝掉咖啡，將課本與筆記本塞進書包站了起來。

講臺上的老師看了準備走出教室的我一眼，沒有多說什麼。大概是因為這裡是坐了一百多人的大型教室。

我離開補習班的校舍，打了電話給阿伊。

「喂，阿伊？」

「阿加？你不是在補習嗎？」

「你有和白河同學說話嗎？」

「沒、沒有。我們也是剛剛才看到，她沒有注意到我們。」

「我們？」

當我這麼一問，電話的另一端就傳來阿仁喊著「我也在喔！」的聲音。

「你們兩個在那邊做什麼啊？」

「這還用說，當然是來海邊玩水啊。」

「湘南那裡太恐怖了，所以我們跑到房總來！」

「千葉這個地方感覺就能接納我們！」

「所以白河同學呢？」

總而言之，我現在處於非常在意她現況的狀態。

「她還在喔。正在海之家和帥哥卿卿我我。」

「…………」

「……阿加，你們該不會分手了吧？」

「咦……」

阿伊那種有點顧慮我的語氣，讓我感到胸口一陣刺痛。

「……還沒有分手喔。」

至少我沒有那種打算。

可是——

發生那件事之後，我有兩週的時間沒辦法與她取得聯絡的話……或許白河同學已經如此認定了。

想到這裡，我就坐立難安。

「我現在就過去，告訴我海水浴場的名字。」

「咦？真的假的，阿加！你的補習班不上了嗎？」

就算阿伊這麼說，也阻止不了我走向車站的腳步。

◇

我到了。

我花了兩個多小時，來到阿伊所說的車站。我以前只去過千葉的港區，這裡的環境比我想像得更鄉下，讓我吃了一驚。

當我在前往海灘的路上時，接到了LINE群組發來的訊息。

KEN粉小組（3）

伊地知祐輔

抱歉，太陽曬得皮膚好痛，我先走了……

我連皮膚都是怕光的邊緣人啊orz

你的好友仁志名蓮
我也一樣……
白河同學在名叫「LUNA MARINE」的海之家。

「LUNA MARINE……？」
我感到某種命運般的存在，心中浮現一股不祥的預感。
從車站走了沒多久的路，就看到兩人所說的海灘。時間已經接近四點，一路上看到很多離開沙灘的人，因此與江之島比起來沒有那麼擁擠。
沙灘很寬廣，一路延伸到遠處，是一座充滿開放感的海灘。我這種長褲加運動鞋，完全是都市打扮的模樣與這裡簡直格格不入。裝著補習班課本的背包也很沉重。
我輕輕走在沙灘上，避免沙子跑進鞋子裡，同時觀察著靠馬路邊排成一列的海之家。
「LUNA MARINE」位於沙灘尾端，是最遠的一間海之家。
就在我沒有勇氣立刻走過去，呆站於該處與隔壁海之家中間的空地時——
從後門走出的人影讓我瞪大了眼睛。
「吶，人家可以去海裡玩一下嗎？」

修長的手腳、紮成一束的明亮棕髮、點綴那條充滿吸引力乳溝的眼熟比基尼……還有那個開朗的聲音……

毫無疑問正是白河同學。

這兩週的時間裡，我一直好想和她說話。

也因為聯絡不上而擔心她的安危。

而她如今就在眼前。

「白河同……」

正當我情不自禁地想要走上前去時，後門再次打開。

「可以啊～月愛。」

走出來的是阿伊照片上拍到的那位型男。

那個人身上雖然有著年輕的氣息，卻沒有任何稚嫩的味道，年紀應該三十幾歲吧。頭髮染成亮棕色，長長的瀏海燙成捲髮，整體髮型給人輕浮的感覺。他的身材高挑，即使穿著衣服也看得出其身材緊實，充滿肌肉的修長手腳令我嫉妒不已。

他從頭到腳都與我完全不同。

看到那名男子，白河同學的眼睛亮了起來。

「吶，真生要不要一起來？」

她這麼說著，勾起男子的手臂。

「我們走嘛！」

「不行啦～現在還是營業時間。」

「咦～有什麼關係！已經沒有人了喔？」

目睹勾著男子手臂撒嬌的白河同學，我的心就像被一塊大石頭壓住。

「沒關係啦、沒關係啦～！」

「不可以。妳跟妮可去玩吧～」

什麼？——就在我心中為之一驚的時候，從沙灘的方向走來另一個人影。

「我們走吧～露娜！不要太為難真生喔。」

笑著說出這句話的人，竟然是山名同學。她穿的無肩帶比基尼很適合那苗條的身材與深色的肌膚。

「人家之前就這麼想了，妳真的很喜歡真生耶。」

就算被山名同學傻眼地這麼說，白河同學仍然開心地微笑著。

「因為人家只有偶爾才能見到他嘛。而且真生老是到處亂跑。」

不管怎麼看，噘起嘴巴如此說道的白河同學都像是陷入戀愛的可愛少女。

「什麼亂跑，是工作。」

被兩人稱呼為「真生」的男子傷腦筋似的露出苦笑。

在旁人眼中，這是一幕溫馨的海邊男女風情畫；對我而言卻宛如惡夢中的畫面，連景物看起來都扭曲模糊。

綜合我現在耳聞目睹的情報——

白河同學從很久以前就有真正的男朋友，而那個人就是這位「真生」。然而因為工作的緣故，他不常與白河同學見面，所以白河同學找了其他男朋友……開始和我交往——我只能做出這樣的結論。

而且，山名同學也知道此事。

儘管如此——

——你能向人家保證，絕對不會做出害露娜不安的事嗎？

她竟然還對我說出那種話……

她也是一夥的。不但知道一切，還故意捉弄我。

太過分了……

難道我這樣的邊緣人真的沒有和白河同學交往的資格嗎……？

白河同學喜歡的是成熟的型男嗎……

在這之前，每次我開始想像白河同學的前男友時，總是會刻意把那樣的想法趕出腦袋。

然而親眼目睹如此殘酷的場景之後，我只能認清這個現實。

其實我早就知道自己不自量力。像我這種傢伙，根本不該妄想能成為白河同學那種女孩的真命天子。

但是我真的很喜歡白河同學……直到現在還喜歡著她。

即使是她在我眼前與其他男人調情的這一刻，這份心意仍舊沒有改變。

認清現實是一件很難過的事，我難過得快要受不了。

在仲夏太陽無情的照耀下，我的腦袋劇烈疼痛，感覺快要吐了。

——人家就是喜歡……龍斗這點。

那句話、那副微笑，難道都是假的嗎？

和我交往，全部都是遊戲一場嗎……

我震驚地呆立在原地，感受到彷彿逐漸沉入地底的錯覺。

「就說不行啦～！妳看，客人不是來了嗎。」

對白河同學如此說著的「真生」突然看向我。

「歡迎光臨～！客人準備要下水嗎？」

「……！」

他熱情地向我打招呼，使我當場愣住。

與此同時，白河同學與山名同學也看了過來……

「咦！」

「啥！」

她們就像撞見了什麼難以置信的事物，說不出半句話。

「龍斗……！」

看到我們三人的模樣，一臉疑惑的「真生」也終於會意過來。

「啊～……難道他就是月愛說的男朋友？」

或許是因為身為正牌男友，男子看起來相當從容；而我只能默默瞪著他那張笑臉。

「………」

這個男人真是充滿了自信……他和我不同，即使知道女友有其他的男伴，仍能若無其事地持續與白河同學交往。

「這樣啊、這樣啊～！」

不僅如此，他的臉上還泛出溫和的笑容。

「坐電車來的？這裡很遠吧～？而且天氣還這麼熱～」

用一副游刃有餘的態度關心起我。

難道說，對這傢伙而言，和白河同學的關係只是玩玩而已？

身為正牌男友，竟然只用這點程度的感情對待她……我饒不了這個人。

白河同學到底覺得這種輕浮的男人哪裡好？

雖說他的外表或許無可挑剔，而且身為大人應該具有相當程度的經濟實力與包容力。

……和我差太多了……

不行了。

無論怎麼思考，我都想不到自己哪一點能贏過對方。看他看得越久，我的情緒就越是沉到谷底。

已經不行了。

這下子只能屈居備胎的地位了嗎……

如果無法服氣，就得和白河同學分手嗎……

我只剩下這兩個選擇。

一想到這裡，我就感覺快要哭出來。然而就在這時——

「幸會、幸會，我還沒做自我介紹呢～」

男子靠了過來，從口袋裡掏出像是卡片盒的東西。

「這是我的名片～請多關照嘍～」
我看了一眼對方遞過來的名片，瞪大了眼睛。

旅行作家
黑瀨真生

黑瀨！
我吃驚地抬起頭，男子以充滿男兒氣概的燦爛笑容說：
「你好～！我是月愛的舅舅！我的外甥女受你照顧啦～！」
舅……？
舅舅……
…………不過……這個人的態度未免太輕浮了吧……？
然而從名片看來，他說的應該是事實。
從名字與年紀推斷，他大概是白河同學母親的弟弟。

和我的舅舅……新年時醉醺醺晃著啤酒肚大開黃腔的那些親戚們相比，差得太多了。

「你先給人家等一下。」

當我驚訝地愣在原地時，山名同學用那張看起來衝動好鬥的長相狠狠瞪向我。

「雖然不知道你是向誰打聽到這裡的，不過你究竟有什麼臉出現在這個地方？」

「別那樣說，妮可。也許是搞錯了。」

白河同學站到山名同學面前，打算制止對方。

「搞錯？哪裡搞錯了？不管怎麼想他都有罪吧？」

「其他人可能是這樣……但如果是龍斗，也許真的是搞錯了。」

白河同學強忍著情緒低聲說道。她看了我一眼……然後又撇開目光。

「人家在那之後煩惱了很久……最後才做出這個結論。」

白河同學……

看到我們的樣子，真生先生輕鬆地開口表示：

「別那麼緊繃嘛～在大熱天裡跑到這麼遠的地方來，妳的男朋友應該也累了吧？先喝點可樂休息一下吧～！」

「啊……我叫加島。」

驚覺自己還沒報上名字的我連忙開口，真生先生則以和善的微笑回答：

「了！所以就是加島同學吧。」

那張笑臉確實很像白河同學。

◇

我被邀請進入真生先生的海之家後，坐在靠海邊方向、榻榻米墊高的席位上，與白河同學面對面地陷入沉默。桌上擺著真生先生招待我們的兩瓶可樂。

山名同學說她六點時有打工，剛才先回去了。

「……對不起，我沒有說國中一年級時拒絕我告白的對象就是黑瀨同學。」

我打破沉默，白河同學便輕輕點點頭。

「一方面是那時候不知道白河同學與黑瀨同學的關係，又因為是過去的事，我想可能會讓妳感到不安，所以剛開始時覺得沒必要特別說出來……知道妳們是雙胞胎之後，就失去了坦白的機會。」

白河同學再次點頭。光是這樣就讓我鬆了口氣，於是我接著繼續說：

「和白河同學從海邊回來的那天……黑瀨同學向我告白了。」

一直低著頭的白河同學吃驚地看著我。

「你和海愛關係很好嗎？」

「沒有。」

我搖了搖頭。

「雖然她要了我的ＬＩＮＥ，但我們不常聊天。之前因為她散播白河同學的謠言，聽了她說自己的事……似乎就是那個時候讓她變得很親近我，喜歡上我的樣子。」

自己說出這些事會讓我不太好意思，於是我只是簡短地說明。

「雖然我想在電話裡拒絕她，但是她說：『如果只是用電話講，我沒辦法死心。』所以我們決定約在公園見面……見面之後，黑瀨同學就哭了……要我讓她『稍微抱一下』。那張照片應該就是那個時候拍的。」

我儘量讓話聽起來不像是在找藉口，將事實簡述了一遍。

「但是不知道內情的白河同學卻因此吃驚……然後受傷。真的很對不起。」

白河同學立刻搖搖頭。

「人家才應該道歉……這件事龍斗沒有錯喔。」

她這麼說著，對我稍微露出微笑。

「海愛也沒有什麼不對……只是時機太差了。」

「雖然或許是如此……但傷害到白河同學仍然是事實。如果我真的為白河同學著想，無論黑瀨同學說什麼，我都不應該赴約——這讓我一直感到很後悔。」

早上起床的時候、暑期輔導的上課時間、回家的電車裡、晚上睡覺前……這兩週以來，我不知道希望自己可以倒回時間過多少次。

「不，龍斗沒有錯喔。」

白河同學平靜地說：

「龍斗很溫柔，所以才會那麼做吧。就像龍斗溫柔地對待人家，你也一樣溫柔地對待海愛……身為她的姊姊，人家很開心喔。」

接著，她看著我露出微笑。

「謝謝你，龍斗。」

「白河同學……」

胸口的悶痛消失不見，轉變成為一股暖意。

另一方面——

「可、可是白河同學不是在生我的氣嗎？所以才不看ＬＩＮＥ……」

「啊，不是啦，對不起！」

白河同學彷彿想到什麼，急忙這麼說。

「那時候人家的智慧型手機掉在走廊上……把螢幕摔破了，完全沒辦法操作。雖然之後拿去手機店修理了，店家卻說摔成這樣，裡面的零件可能也已經壞了，整支換掉比較好。可是這樣得花很多錢對不對？那支智慧型手機才剛買一年，要重買得和爸爸商量。再加上人家還沒有決定好該怎麼做的時候就來到這裡，但是這附近一家手機店也沒有，所以也就沒辦法處理。」

「……啊……」

原來是智慧型手機啊。我完全沒想到那方面的問題，畢竟……

「LINE不是可以在電腦上用嗎？」

「咦，是這樣嗎？可以用智慧型手機上的帳號登入嗎？」

「嗯，應該可以……」

「原來是這樣啊。」

白河同學佩服地說著，然後轉頭望向大海。

太陽逐漸沉入山的另一邊，因此海面有點陰暗，營造出傍晚的氣氛。我斜眼瞧了一下遠方的衝浪玩家在波浪中浮浮沉沉的身影，同時注視著白河同學的側臉。

接著，白河同學將視線從大海移回自己的手。

「……其實呢，人家是不敢確認，所以智慧型手機壞掉可能反而鬆了一口氣。」

白河同學邊說邊看了我一眼，接著再次垂下眼睛。

「人家其實很想相信龍斗……雖然很希望相信你，然而在想到應該先詢問是不是有隱情之前，腦中的第一個念頭卻是不希望自己受傷。畢竟這個世界上沒有事情是絕對的吧？即使人家認為龍斗有百分之九十九的機會不會劈腿，但如果這次就是剩下的那百分之一……而且對方還是海愛，是龍斗的初戀對象……想到這裡，人家就沒辦法接受這件事。」

她帶著難過的表情如此說道，接著露出淺淺的微笑。

「自從和龍斗開始交往，人家就感覺好幸福。龍斗為人老實，既然你說過沒有交過女朋友，也沒有常常玩在一起的女性朋友……這是你第一次與人交往……人家就打從心底相信龍斗說的話。」

雖然聽到她這麼說讓我很開心，但是一想到白河同學的那些前男友，就讓我有種複雜的心情。

「所以，人家從來沒有想過會被背叛……想到自己赤裸裸的心可能會遭受到什麼樣的傷害，人家就不敢確認事實。」

白河同學輕聲說著，同時抬起頭。

「可是，這種想法果然是不對的。無論龍斗做了什麼，人家都想和龍斗繼續交往下去。既然如此，人家就必須面對現實才行……因此昨天人家拜託真生，請他把智慧型手機拿到隔壁鎮的手機店修理了。」

「原來是這樣啊……」

就在我無法聯絡上她、心情很悶的這兩週裡，她似乎也思考了許多事，內心已經有所轉變。她之所以這麼乾脆地接受我的道歉，或許就是這個原因吧。

「對不起，讓龍斗擔心了。」

聽到白河同學這句話，我搖了搖頭。

「沒關係啦。反正我們已經見到面了。」

「你怎麼知道人家在這裡？是問家裡的人嗎？」

「不是，剛好有朋友來這個海灘，他看到白河同學後通知了我。」

「咦，真的假的？朋友……該不會是常常和龍斗在一起的大個子男生？他應該是叫做阿伊吧？」

「啊，對。他叫伊地知。」

原來白河同學知道阿伊啊。不過這也不奇怪啦，畢竟稱得上是我「朋友」的人就只有阿伊和阿仁……雖然每次我在教室與阿伊聊天，白河同學又剛好來找我的時候，阿伊總是會說「你們慢慢聊！」，之後就匆匆忙忙地離去，所以沒什麼機會將他介紹給白河同學認識。

「咦～他該不會現在還在這裡吧？」

「不，他先回家了。說太陽曬得皮膚很痛。」

「啊～那很糟糕呢。人家也曬得很黑喔。」

白河同學一邊說，一邊撥開泳衣的肩帶。

「你看，就像這樣。」

肩帶底下的肌膚確實比周圍還要白一點。不過她的皮膚感覺還是很白，因此原本的膚色應該更白吧。

「不會啊，沒有曬得很黑喔。」

心跳加速的我移開目光。白河同學則說著「咦～是嗎？」，放開了肩帶。

「那就太好了～！人家想當的是白辣妹，所以都抹很多防曬油。不過畢竟每天都在曬太陽，所以還是會曬黑呢。」

「……妳一直待在這裡嗎？」

這麼一說，我仍然不清楚白河同學為什麼會在這裡，只知道她的舅舅真生先生在經營海之家。

「啊～嗯，對了、對了。」

白河同學彷彿剛想起還沒解釋這件事，於是開始說明：

「爸爸媽媽離婚之後，人家每年暑假都會來外曾祖母家玩，她就住在這附近。和媽媽見面會對爸爸不好意思，不過見外曾祖母應該就沒問題了。而且媽媽和真生也偶爾會露臉，待在這裡很愉快喔。」

「那麼，妳整個夏天都會在這裡？」

「不是喔。八月中有煙火大會和夏日祭典，人家是為了這個而來的，大概會待一兩週。今年因為聽說真生在這個海灘開了間海之家，才打算來稍微幫他一點忙。不過待整個夏天就太久了，本來說好從八月再開始幫忙……」

說到這裡，白河同學低下頭。

「……但因為龍斗的事，人家不知道接下來該怎麼辦……而且妮可要打工，沒辦法一直陪在人家旁邊，於是人家就豁出去，在結業式那天晚上穿著制服直接過來了。」

原來如此。難怪那天不管我等多久，白河同學都沒有回家。

「結業式那天妳一直待在學校嗎？」

當我這麼一問，白河同學發出「嗯？」的一聲抬起頭。

「嗯。就在化學教室，妮可那時在安慰人家。雖然妮可問：『要不要人家請假陪妳？』但是那麼依賴她感覺不太好意思。」

只要是為了幫助白河同學，山名同學就會做到那種地步吧。正當我這麼想的時候，白河同學露出毅然的表情看著我。

「妮可她夢想成為美甲師喔。」

「美甲師……？是幫顧客修指甲的人嗎？」

「現在的趨勢是凝膠指甲呢，人家和妮可也都是凝膠派。凝膠最棒了！」

「這、這樣啊？」

我聽不太懂那是什麼意思，白河同學則愉快地看著自己的指甲。那套指甲彩繪有著與泳衣相同的花紋，而她原本的指甲比我之前看到時長了許多。

「妮可預定在高中畢業之後去美甲的學校考證照。但是妮可家是單親媽媽，她不想跟媽媽要錢，所以才會在高中時拚命打工賺入學金和學費。」

原來是這樣啊。

雖然山名同學是那副模樣，不過她很努力呢……

「龍斗這兩週都在做什麼呢？」

「咦，喔，上暑期輔導……」

「啊～你曾經說過呢。」

現在差不多是最後一堂課結束的時間。聽了山名同學的事之後，我就對自己拜託父母出學費，卻蹺掉幾乎整整一堂課的行為感到罪惡。

「大家都很認真地考慮將來呢……」

白河同學在桌上用兩手撐著臉頰，遙望遠方的大海。從側邊看過去，她的臉上隱約有種不安。

「白河同學畢業後想做什麼呢？」

雖然她之前說過想當YouTuber，不過應該是玩笑話吧。

「嗯？唔……」

白河同學放下雙手看向我。

「人家感覺現在找不太到方向。」

「咦？」

正當我在想那句話是什麼意思時，白河同學就微笑說：

「因為人家高中時代的目標已經實現了。」

「是什麼樣的目標？」

聽到我的問題，白河同學露出靦腆害羞的表情。

「『與值得長相廝守的另一半共度愛河』。」

海風吹拂而過，使得白河同學的長髮輕輕地隨之飄蕩。她微微一笑，眼睛像看見耀眼光芒般瞇了起來。搭配逐漸黯淡的靛藍色大海形成的背景，使她看起來比平時更加美麗。

「……雖然人家這兩週很難過。」

白河同學如此說著，然後垂下眼睛。

「但是只要度過這個難關，人家相信自己一定更能相信龍斗，更喜歡龍斗。」

她的嘴角泛著微笑看向我。

「剛才聽到龍斗的解釋時……人家一下子就相信了，拚命地在心裡點頭。而且絲毫沒有懷疑，乾脆得連自己都感到驚訝。那應該是因為龍斗真的只會說實話吧。」

接著，她像是感到苦澀似的咬著嘴唇。

「……人家以前和男朋友吵過好幾次架……但是第一次有這種感受。一想到這裡，不只是兩個月或三個月，人家好像突然就可以想像之後的未來……」

白河同學……

「……人家一直在尋找能讓自己安心的避風港。」

白河同學低聲說。

「雖然現在的生活也不差……人家還是喜歡和爸爸、媽媽與海愛，全家人住在一起。但是爸爸和媽媽離婚之後，整個家就四分五裂……我這才發現，白河家是爸爸媽媽建立的家庭。若是他們兩人出現隔閡，這個家就毀了。所以人家覺得更應該找到自己珍惜的另一半，建立自己的家庭。」

「家庭……」

當我情不自禁地複誦這個聽起來很宏大的詞彙時，白河同學慌張地看著我。

「啊，會不會很有壓力？這樣應該會讓人感覺壓力很沉重吧……」

「不會，我不覺得沉重喔。」

我從她的反應注意到了。所謂的「家庭」，該不會就是那方面的意思？

也就是說……白河同學已經在思考她和我的未來……？

一想到這裡，我的臉頰就不禁發燙，內心雀躍不已。

「我、我也是……」

我不經意地增強了語氣，讓白河同學驚訝地注視著我。

「我也是……想要和白河同學……一直在一起……」

聽到我太激動而拉高聲調的回答，白河同學的臉也紅了起來。

「……龍斗……」

這時，她突然露出驚覺似的表情。

「啊，當然，人家的意思不是高中畢業後馬上就給龍斗養喔！人家會選擇找工作或繼續升學。」

「嗯、嗯，我知道。」

怎麼回事？這應該不是夢吧？

夢還比較有現實感。

「呼～……」

我感到喉嚨十分燥熱，拿起冰涼的可樂喝了一口。

「我得努力念書考試呢……」

我看著放在身旁的背包喃喃自語。

即使是我們讀的高中，每年仍然有幾個學生考上明星大學。若是用甄選入學進入普通一點的大學，應該能過得很輕鬆；不過還是從現在開始用功讀書，讓自己能考上好學校吧。往後還有與白河同學共度的未來等在前面，感覺我無論遇到什麼事都能努力下去。

「龍斗的腦袋很好，感覺可以進入超級厲害的大學。」

被白河同學這麼一說，害我慌了手腳。

「咦？沒有啦，以現在的狀況還太遠了……我必須多用功一點。」

「啊～這樣的話，人家也選擇升學好了。要是這樣下去，差距會越拉越大，龍斗可能會被大學裡的聰明女孩搶走。」

噘起嘴巴這麼說著的白河同學很可愛。

「不會發生那種事啦。」

「咦，那龍斗你為什麼在笑？」

「……我想到白河同學嫉妒的樣子……太開心就……」

經我這麼一說，白河同學就紅起臉來。

「討厭啦～！人家可是很認真在思考畢業後的出路耶～！」

「抱歉，不小心就這麼想了。」

就在我們相視而笑的時候——

「喂～你們兩個～！」

廚房的方向傳來真生先生的聲音。

「差不多要打烊嘍～」

當我注意到的時候，海面已經完全沒有白天的明亮。現在才五點，太陽還沒下山，不過沙灘上已經只剩下少少的幾個人。

「啊，等一下！人家先去沖澡。」

白河同學連忙站起身，真生先生則「咦？」了一聲。

「回家再換衣服不就好了？」

「可是人家得送龍斗回車站才行……」

「咦～他要回去了嗎？沒事的話，順便去探望一下外婆也行吧？」

「啊，這個建議不錯喔！吶，龍斗。去和紗代婆婆打聲招呼吧？」

「咦？」

「不行嗎？」

被白河同學用那雙閃閃發亮的眼睛盯著，我除了去以外就沒有其他選擇了。

「那就打擾了……」

「耶～！」

今天真是不得了的一天。得知一直聯絡不上的白河同學劈腿而趕到現場，看到她和帥哥調情的畫面而絕望，卻發現那位帥哥是她的舅舅。重逢的白河同學思考著與我共度的遙遠未來……接下來還被招待到她的外曾祖母家。

簡直就像坐了一整天的雲霄飛車。

我看著穿著比基尼泳裝開心歡喜的白河同學，心中思考著這些事情。

◇

在那之後，我和白河同學一起搭乘真生先生的廂型車，朝山的方向搖搖晃晃地行駛五分鐘左右的車程後，就抵達白河同學的外曾祖母家。

那是位於平緩山路途中一間帶有懷舊氣氛的雙層樓房。房子的屋頂覆蓋著瓦片，長滿茂密雜草的庭院很寬廣。即使庭院裡停了真生先生的車，仍然有足以拿來玩捉迷藏的空間。

「紗代婆婆，人家回來了～！」

在比基尼泳衣上罩著T恤的白河同學直接走進房子。

當我擔心沒有屋主許可不能進門而站在玄關時，真生先生伸手搭在我的肩膀上說：「沒關係啦，請進、請進。」於是我便踏進屋內。

「哎呀。」

當我被帶進一個看起來像是客廳的和室後，就看到裡頭一位坐在無腿椅上、身材嬌小的老婦人露出慌張的吃驚表情。她似乎已經從先進門的白河同學口中聽聞我的事，連連喊著：「哎呀～」

「您好。我是和白河……月愛同學正在交往的加島龍斗。」

「哦～」

對方有著符合外曾祖母這個稱呼的年老外貌，看起來年紀大約是八十歲到九十歲。刻劃著皺紋的臉上沒有化妝，灰色的頭髮紮成一束，身上穿著樸素的服裝。看到她那副慌張的模樣，讓我對自己突然造訪感到不好意思。

「哎呀，小月承蒙你照顧了……這裡沒什麼東西好招待，要不要喝點茶？」

老婆婆這麼說，起身朝桌上的盤子伸出手。盤子上放著茶壺與茶葉罐，還有個蓋子上有洞的神祕罐子，我才恍然大悟。白河同學之所以在旅館能熟練地使用工具泡茶，原來就是在這裡學的。

「啊，不用啦～人家拿冰箱的麥茶就好。」

白河同學動作輕盈地走向廚房，打開冰箱的門。

「啊，說得也是呢，年輕人比較喜歡喝冰的……」

「話說回來，外婆。妳又把冷氣關掉了喔？」

真生先生用手朝脖子搧著風，拿起放在桌上的遙控器。

「今年的氣溫還是很熱，一個不小心就會中暑到另一個世界報到喔～？」

「有電風扇就夠了啦。大家覺得熱再開冷氣也沒關係。」

我朝屋內一看，角落擺著一臺用了很久的電風扇，吹著頂多只能保持屋裡空氣流通的風。桌上則放著印了某地電話號碼的團扇，老婆婆似乎就是靠這個度過炎熱的天氣。

當真生先生按下遙控器後，悶熱的室內吹起一陣暖風。就在室內溫度稍微下降時，白河同學捧著放了四杯麥茶的托盤走過來。

「請用。紗代婆婆也喝一點比較好喔，可以補充水分。」

「沒關係啦，我一直有在喝茶。」

老婆婆雖然這麼說，還是朝玻璃杯伸出手。畢竟是曾孫女幫她準備的嘛。

「紗代婆婆，有沒有什麼配茶的點心？」

「喔，冰箱裡面有花生喲。」

「哈哈，千葉縣的味道都跑出來了～」

「別人送的嘛。」

「有什麼關係，人家也很喜歡花生喔～」

白河同學笑著把裝有花生的盒子拿出來。

「來吧，龍斗。請坐、請坐。」

「啊，好，謝謝……」

於是我和白河同學、她的外曾祖母，以及真生先生四個人愉快地聊了一段時間。

白河同學的外曾祖母渡邊紗代現年高齡九十歲，獨自一人居住在這裡。她的身體健康，又有附近鄰居幫助，生活上似乎沒有什麼不便。

但因為每年都有高齡人士中暑死亡的新聞，她為此感到擔心的女兒……也就是白河同學的外祖母與真生先生商量後，真生先生今年夏天就在海灘經營起海之家，同時住在這裡。

真生先生的本業是旅行作家，平時於世界各地旅行，寫作出書。他原本就以成為攝影師為志願，這份工作可說是活用了其本事的天職。他現年三十八歲，單身。雖然已經有很長一段時間沒有固定的住所，但戶籍仍設在這裡。

白河同學小的時候，他在東京工作時有段時間借住在白河同學家。因此白河同學把真生先生當成自己的哥哥，相當仰慕他的樣子。難怪以舅甥關係來說，兩人的感情未免太好，聽過這段說明後，我就理解了。

「……然後呢，我早上一醒來就發現錢包、相機和電腦全都被偷走，感覺真的要完蛋了。幸好我把護照放在身上睡覺，算是不幸中的大幸吧？」

「國外果然很可怕呢～」

做過一番自我介紹後，話題就變成真生先生的海外經歷。可能是因為這些故事聽過很多次了，白河同學順口插話：

「啊，欸欸欸，真生。你說說那件事嘛！就是在澳門賭場和老千對決的故事！」

白河同學興奮地這麼說，勾起了我的強烈興趣。怎麼聽起來好像很有趣？只不過……

我從剛才就一直在意掛在客廳門沿上的時鐘。

「咦？那個故事很長喔～？呃～那是在八年前……」

「那、那個，抱歉。」

時間已經快要來到六點半。由於父母以為我今天在補習班，考慮到回程所需要的時間，我必須現在就告辭才行。

「我差不多該走了……」
說到這裡，白河同學「啊」的一聲望向時鐘。
「這樣啊，已經這麼晚了嘛……」
她邊說邊露出露骨的失落表情，因此我也很捨不得離開。
「……要回去的話，我送你到車站吧？」
看到我們的樣子，真生先生客氣地說。
「啊，好……謝謝。」
就在我看著白河同學的樣子，準備站起身的時候——
「既然機會難得，要不要在這裡住一晚呢？」
白河同學的外曾祖母紗代婆婆開口對依依不捨的我們說：
「現在出門，回到東京時也晚了。今晚就先住下來，明天早上再回去吧？」
「咦……」
相對於壓根兒沒動過這個念頭的我，白河同學則是表情明亮起來。
「啊，這個建議不錯！就這麼決定吧？」
「反正婆婆家的房間很多嘛～你乾脆一直待到月愛回家吧？」
真生先生半開玩笑的話讓白河同學更是喜上眉梢。

「啊，這也不錯！對了，龍斗也來參加夏日祭典吧！還有煙火可以看喔？」

「咦？」

住一晚也就算了，要在初次見面的人家裡連續待好幾天？

「夏、夏日祭典是什麼時候？」

「八月的盂蘭盆節……呃，是幾號啊？」

「差不多是兩週後喔～」

聽到真生先生這麼說，我更是吃了一驚。

「兩週！」

我在自己的外婆家也待不了那麼久。況且……

「可是如果打擾那麼久……我不好意思讓你們破費招待。」

「不用擔心啦，我們家有很多別人送的食物。」

「婆婆很有人望，幾乎不用花錢買菜呢～」

紗代婆婆揮著手否定真生先生那句玩笑話。

「因為這裡是鄉下地方啦。大家都會把自己用不完的東西拿出來分享。」

這麼說來，我想起玄關有個放了一堆大頭菜的瓦楞紙箱。

「當然，我們也不是硬要你留下來啦，也得看你方不方便。只是那樣的話，小月應該會很開心。畢竟妮可妹妹好像沒辦法常常過來。」

妮可妹妹……應該是指山名同學吧？紗代婆婆也見過山名同學了啊。

「咦……呃……」

「不行嗎？」

白河同學眼中水光閃閃地看著我。

如果能和白河同學連續兩週住在同一個屋簷下……

若是如此——

我也會很開心……

「……我先和父母聯絡一下。」

「耶～！」

當我拿出智慧型手機這麼說，白河同學就像已經確定我點頭似的開心大喊。

今天真的是不得了的一天。

就這樣，我在白河同學的外曾祖母家叨擾了兩週左右的時間。

第四・五章　黑瀨海愛的祕密日記

妳的告白被拒絕了呢，海愛。

從小學的時候開始，我就被許許多多的男孩子告白過。只要我有那個意思，隨便都交得到男朋友才對。

月愛是個笨蛋，她很輕易就接受別人而開始交往，又一下子就分手，結果被澈底貼上「婊子」的標籤。

可是，我不會犯下那種錯誤。

我知道自己身為女性的價值。我才不是可以隨意賤賣的女人。

我的第一次應該獻給配得上我的完美男人。我堅信著這點，一直守護自己的貞操。

但是……

當我第一次真正喜歡上男人之後，那種堅持就變得無所謂了。

加島同學一點也不完美。

即使如此，我仍然打算對他獻上一切。我是這麼希望的。

這是我唯一可以一擊扭轉局勢的最後機會，我賭了一把。

然而我被澈底拒絕了。

他認為我是個連擁抱的價值都沒有的女人。

……雖然我因為這個想法而消沉失落。

然而稍微經過一段時間之後，我開始認為不是這麼一回事。

至少加島同學並不會利用我滿足自己的慾望。

看到那天夜裡加島同學的模樣，就知道他其實想和「我」上床。無論是汗涔涔的肌膚、急促的喘息，還是充滿熱氣的屋內……至今我仍能生動地回憶起那天的景象。

在得知我不是月愛之後，他仍然猶豫了一瞬間。也就是說，在他的心中仍然存有和我跨過最後一線的選項。那不就代表著，我並非是「不在選擇內」的女人嗎？

假如我對加島同學而言是「可以擁抱」的女人——我不只和他跨過最後一線，如果他希望，我也可以持續這個關係直到他膩了為止。若是能站在加島同學的位置，我相信一定會有非常多的男生點頭答應。

可是他並沒有那麼做。

他就這麼深愛月愛嗎？

一想到這裡，我就好不甘心。

當時他所說的那句話，撫慰了我的心。

他說：「這樣黑瀨同學太可憐了。」

加島同學是為了我而忍耐慾望。我可以當成是這麼一回事吧？

無論如何，我都受傷了。和被男方玩膩後拋棄相比，哪一種狀況比較好呢？此刻的我無法判斷。

只不過……我現在心中只有痛苦，完全沒辦法思考那些事。

如果未來的某天，我再遇到像加島同學一樣能讓我愛上的男性。

而且這次那個人也回應了我的愛。

或許那個時候我會感謝加島同學的決定吧。

因為我能將自己的一切奉獻給與自己心意相通的對象。

妳喜歡上了一個好人呢，海愛。

真是一場不錯的初戀。

我或許會對自己這麼說吧。

然而，此刻的我仍然置身於痛苦之中。

第五章

隔天早上——

「龍斗，早上嘍～！」

白河同學的聲音從遠處傳來。

來人打開門走進房間，腳下踩著輕盈的步伐，接著是窗簾被拉開的唰唰聲。

是夢啊。

今天的夢還真是美妙啊。

我竟然……作了和白河同學同住在一個屋簷下的夢。

……嗯？

同住在一個屋簷下？

「龍斗！你要睡到什麼時候～！」

「哇啊！」
當我從棉被中坐起身，眼前就出現白河同學那張臉的特寫。
「……！」
我們的距離近得幾乎可以吻到對方，嚇得剛起床的我差點心跳停止。
眼睛好大……好可愛……
由於我剛醒來，腦袋的詞彙能力低得可憐。
看樣子白河同學是為了叫我起床而正好探頭過來。
「龍……」
白河同學臉頰通紅，連忙轉過頭去。
「龍斗，已經早上了喔……？」
她仍然有些慌亂，一邊偷偷看著我一邊這麼告知。
「嗯、嗯，抱歉……」
我看了看放在枕頭邊的手機，時間已經是七點。如果是沒有預定行程的暑假，我會在這時候決定睡回籠覺，但是今天就不同了。
從今天開始，我要和白河同學在真生先生的海之家幫忙。既然受人照顧，我覺得自己就該多少主動出點力。為了趕上九點的開店時間，我們三人預定坐真生先生的車出發。

白河同學此時穿著T恤加短褲，打扮比平時更為休閒。仔細一看，T恤的領口處露出泳衣的繩子，她似乎把泳衣穿在底下。

「趕快下去吧！早餐已經準備好嘍。」

白河同學這麼說完，我就跟著她下樓。

來到一樓時，客廳兼飯廳的桌子上已經擺滿了早餐。

「啊，真抱歉……」

我一臉不好意思地走到廚房，真生先生正在幫大家盛飯。

「早啊～！有睡好嗎？」

「啊，有……」

昨天決定住下之後，紗代婆婆就表示：「難得有客人來，應該招待一下。」向她認識的店家叫了外賣壽司。我們品嘗新鮮食材做成的美味壽司，開了很久的歡迎會。當我被帶到二樓空房間、躺在被褥上的時候，已經是晚上十一點左右了。我回顧整天發生的種種事情後，就睡不太著覺，結果早上的鬧鐘叫不醒我，才會起得如此晚。

「早安，龍斗同學。」

紗代婆婆從浴室那邊走出來，她剛才似乎在洗衣服。

「早安。抱歉，沒辦法幫忙準備早餐……」

「沒關係啦。餐點都是現成的，而且味噌湯是小月煮的喔。」

我回頭望向背後的白河同學，她發出「嘿嘿嘿」的笑聲。

「沒錯～！」

「小月平時很貪睡，今天卻因為龍斗同學在，就說：『人家也想做點什麼。』」

「紗、紗代婆婆！」

白河同學紅著臉叫出聲。

白河同學為我煮味噌湯……

想到這裡，我的嘴角不由得露出笑意。

「紗代婆婆很有活力，又會做菜，小時候常常只要幫忙拿菜就好。但她畢竟已經九十歲了，人家也想盡一點力嘛。」

白河同學像是為自己的行動找藉口，不停用手搧著紅通通的臉頰。

我們兩人獨處時，她會直接表達好意；但她似乎羞於讓家人知道自己如此積極。

於是，我們四人就圍著正方形的桌子開始享用早餐。

配菜是紗代婆婆親手做的米糠醬菜、魚乾和納豆之類的簡單食物。對於在家裡常常用麵包或穀片解決一餐的我而言挺新鮮的。

白河同學做的是加入大頭菜與海帶芽的味噌湯。大頭菜的厚度不一，切厚的部分必須咬牙使出力氣，這也讓人感到有些憐愛。

「……味道怎麼樣？」

當我品嘗味噌湯後，身旁的白河同學就這麼問我。她臉上的表情看起來有點擔心。

「嗯，很美味喔。」

聽到我的答案，白河同學露出微笑。

「太好了。」

那張放下心中大石頭般的笑容，有如朝陽般燦爛耀眼。

◇

仲夏的太陽今天也灑在海灘上。

「我想租置物櫃。」

「好的～！每人一千日圓，還可以使用溫水淋浴間。」

或許是因為白河同學已經在這裡幫忙兩個星期，只見她熟稔地應付光臨海之家「LUNA MARINE」的顧客們。我側眼瞧著她，自己則是一下子擦拭桌子，一下子移動竹筷架，有點沒事可做的感覺。

上午時，大部分的客人都是來換衣服；到了中午，來買食物的客人就慢慢增加，店裡的座位也逐漸坐滿。

等忙到一個段落後，時間已經接近兩點，這時真生先生對我們說：

「我去進貨，之後會看一下婆婆的狀況，可以麻煩你們顧店嗎～？」

「嗯，沒問題喔～！慢走喲～」

「你們兩人也要好好休息喔～肚子若是餓了，要吃什麼都可以。」

「好～！」

白河同學如此回答，我也微微鞠躬目送他離去。

「龍斗，你先吃午餐吧。人家剛才已經先在後面吃過冰棒了。」

「可以嗎？謝謝。」

我接受白河同學的好意，在榻榻米席位一角獨自吃著章魚燒。

就在這時候——

「啊，露娜妹妹～」

「妳今天也在啊～」

我嚇了一跳，順著輕浮男子們的聲音朝店門口看去。

有著若以烤吐司形容已經超過微焦到達烤過頭程度的黝黑肌膚、穿著低腰泳褲的一對年

LUNA MARINE
staff
LUNA MARINE
staff

輕男子對白河同學露出猥褻的笑容，同時走進店裡。

「歡迎光……臨。」

白河同學的笑容也隱隱約約看起來有些僵硬。

「露娜妹妹，今天只有妳一個人呀？」

「妳今天也真的好可愛喔。住哪裡？這附近嗎？」

面對男子們的連番詢問，白河同學擺出笑臉跟他們打哈哈。我從她那偷偷朝我丟過來的眼神中感覺到ＳＯＳ的訊息。

我也想救白河同學，只是……

好可怕！對方看起來年紀比我還要大，而且明顯就是痞子型陽光男，是我最不敢應付的人種。

就在我猶豫的這段時間，兩人死纏爛打地向白河同學搭話。

「要搞一夜情的話，妳覺得我和這傢伙誰比較好？」

「咦……」

「一夜情！只要一晚就好了。」

他們兩人可能喝了酒，自顧自地嗨了起來。

「順帶一提，這傢伙很快喔。」

「不，可是我的超大耶。」

「…………」

太過分了，這已經是露骨的性騷擾了。

就連白河同學也不免露出困擾的表情。看到那個模樣，我的腦中有什麼東西爆發了。

「不好意思！」

我從榻榻米席位上站起身，男子們輕顫一下看向我。看來他們沒有注意到我的存在。

「兩……兩位要租置物櫃嗎？還是要吃飯？」

我想用自己的方式表達「沒事的話就滾出去」。

接著，男子們像在掩飾尷尬，笑嘻嘻地對看一眼。

「啊～……」

「原來弟弟是工讀生啊？我還以為你是客人。」

「我們會再過來喔，露娜妹妹。」

兩人說完就準備轉身離去。

「……順便問一下。」

這時，其中一人再次詢問白河同學。

「只是順便問一下喔。要搞一夜情的話，妳會選我還是工讀生弟弟？」

啥？

為什麼要把我扯進去……

不知道男子是在捉弄人還是開玩笑，他們對我露出不懷好意的笑容。

不必理會這種亂七八糟的傢伙——就在我緊抿嘴唇如此想著時……

「選他。」

白河同學斬釘截鐵地回答。

「因為他是人家的男朋友。」

她翹起眉毛，吊著眼角瞪向兩名男子。

我第一次看到白河同學真正的憤怒表情。

「咦？」

「真假？」

男子們愣了一下。

「真意外～……」

「咦，原來妳喜歡那種類型的啊？」

接著他們露出掃興的表情走出店裡。

「啊～真沒意思～」

「哪裡有可愛的女孩子呢～」

或許是因為遭到拒絕而太過尷尬，男子們故意大聲地與彼此對話，漸漸地遠去。

「……白河同學，妳還好吧？」

我立刻詢問白河同學的狀況。

「對不起，沒有在他們亂問之前過來幫忙……」

「不對。」

白河同學搖了搖頭。

「我才應該為了害龍斗被捲進來而說對不起。他們是從上週開始常常光顧的客人，聽說是這附近的大學生。」

「妳常常被那種人纏上嗎？」

「沒有，這是第一次。大概是因為真生不在吧。」

原來如此。如果有真生先生那種成年型男在旁邊監視，對方確實就沒辦法那麼強硬了。

想到在店裡的是自己才會被小看，就讓我很不甘心。但另一方面，當我想起白河同學剛才所說的話，就不自覺地露出微笑。

——選他。因為他是人家的男朋友。

她在陽光男面前仍能抬頭挺胸地如此表示，讓我開心得不得了。

我真的可以當她的男朋友吧？

漸漸地……雖然程度不大，但我已經逐漸開始有這樣的體認。

「……人家有種感覺喔。」

白河同學突然皺著眉頭說：

「向人家搭話的男生全都是那個樣子的人。這是為什麼啊？」

她以自問一般的語調雙手抱胸。

「以前那些男朋友大多是那種人，硬要說的話，真生也是那類型的吧？雖然過去沒有特別在意……但是最近常常和龍斗聊天，人家就越來越覺得奇怪。」

我直直地盯著提出疑惑的她。

「白河同學，妳不是喜歡那種類型的人嗎？」

雖然剛才那兩個傢伙有點糟糕，不過認為具有那種氣質的陽光型男才適合白河同學這類辣妹型美少女的既定概念，至今仍然在我腦中揮之不去。

「咦？一點也不喔。」

白河同學很乾脆地回答。

「應該說跟類型沒什麼關係啦。就像在電視上看到藝人會覺得很帥，但戀愛不是要雙向溝通嗎？對方必須先喜歡人家，才能開始談戀愛。」

「原來如此……」

這段話讓我發現即使同樣是女生，也存在各式各樣的戀愛形式。有的是白河同學這種類型，基本上會願意與向她告白的人交往，之後再認識對方、喜歡上對方；也有像黑瀨同學那樣，心中已經對某人抱持強烈的感情。

「那個意思不就是……妳愛上誰，誰就是妳喜歡的類型嗎？」

聽到我這麼問，白河同學皺起眉頭看向天花板。

「嗯～……」

她思考了一段時間之後，有點害羞地說：

「……也許是吧。人家可能喜歡龍斗這樣的人……」

她注視著我，小聲喃喃說：

「應該說，人家就是喜歡龍斗。」

紅著臉露出微笑的白河同學好可愛。

「唔……」

心臟傳來一陣強烈的悸動，讓我忍不住摀住胸口。

白河同學直直注視著心跳不已的我。

「龍斗呢？」

「嗯？」

「……你真正喜歡的，會不會是海愛那種女孩子？」

我剛才正好想著黑瀨同學，心中不禁猛跳一下。

黑瀨同學的事固然讓我感到心痛，但是當我看到眼前的白河同學，就再次確認自己果然無法背叛這位女朋友。

「吶～？是不是嘛？」

白河同學垂下眉毛，微微噘起嘴唇，歪著頭不安地看著我。看到她那副模樣，我的胸口就湧出源源不絕的憐愛之情。

即使是我也能十分確信。她這樣……是在為了我而感到嫉妒。

好可愛……

「嗯～……」

「……！」

當我這麼一低吟，白河同學的樣子就變得十分焦急。

好可愛，她可愛得讓我快要死掉……

「如果是討論類型，比起辣妹型，我確實比較喜歡清純型的人……」

我的話讓白河同學失落不已。

好可愛。

心中湧現想要看到更多那種表情，想要讓她更為難的念頭，不過被這麼捉弄的她實在太可憐了。

「但我認為白河……月愛小姐才是我喜歡的類型。」

當我把這句話說出口，白河同學的臉頰霎時染上了紅色。

「為什麼要講全名啦！」

白河同學的整個臉頰轉眼間變得紅通通，然後開口埋怨道。

「我、我也不知道。只是覺得這樣比較能表達我的想法……」

由於白河同學太過慌亂，讓我感覺自己似乎講出很令人羞恥的話，也跟著慌了手腳。

「龍斗太狡猾了。你明明不是什麼輕浮男，竟然可以一臉認真地講出那種話。」

臉頰還有點紅的白河同學低聲嘟噥。

「而且啊，你的話跟人家說的還不是一樣。」

「……真的耶。」

「也好啦。」

白河同學這麼說著，對我輕輕一笑。

「這就代表我們彼此喜歡的都是對方那種類型的人吧？」

「是這麼說……沒錯啦。」

若是如此，那就沒有比這更讓人開心的事了。

我害羞得不敢看她，低下頭嘻嘻笑。當我偷偷瞧她一眼，便發現她的反應也和我一樣。

這是一段令人害羞，卻又十分幸福的時光。

「不好意思～我要買飲料。」

這時門口方向傳來呼喊聲。我轉頭看去，發現客人正站在店門口裝有冰鎮寶特瓶飲料的保冷箱前面。

「啊……」

「來了！」

在我做出反應之前，白河同學率先衝向門口。

「章魚燒要冷掉了吧？你趕快吃吧。」

回過頭朝我眨了個眼的她十分耀眼迷人……就算這個夏天永遠不會結束，我也無所謂。

◇

真生先生回到店裡之後，我們得到休息時間，跑到海裡玩起來。白河同學還是像個小孩一樣玩得不亦樂乎，連帶讓看著她的我也開心得不得了。

就在營業時間結束，搭車踏上歸途的時候——

「啊，真生。」

和我一起坐在後座的白河同學似乎想到了什麼，於是開口詢問：

「人家拜託的東西，你買了嗎？」

「啊～嗯。牛肉買牛碎可以嗎～？」

「咦？牛碎是什麼？」

「妳要做什麼用啊？」

真生先生看著後照鏡詢問白河同學，她則偷瞄我一眼後又撇開眼神。

「呃，嗯～……」

「反正只要不是做肉捲飯糰，應該大部分的料理都能用吧？」

白河同學聽到這句話，表情瞬間明亮起來。

「太好了，謝謝～」

「……？」

我搞不懂是什麼狀況。白河同學打算做料理嗎？

到家之後，白河同學迅速洗澡更衣，急急忙忙在廚房開始準備什麼。

「哎呀，小月。怎麼了嗎？」

當紗代婆婆這麼一問，白河同學就幹勁十足地微笑回答：

「今天的晚餐由人家來做！」

「哎呀。」

紗代婆婆笑了一下，對我使了個眼色。

「謝謝啦。真期待呢。」

「我、我也來幫忙吧。」

因為我手邊沒事，打算一起進廚房，不過白河同學揮手制止了我。

「不用啦！龍斗只要坐著玩遊戲就好。」

「咦……喔、喔……」

她的語氣很強烈，讓我不得不認為還是別過去比較好。

於是我就在客廳角落玩著手機等待白河同學。

「咦？吶，紗代婆婆～？」

「嗯～？」

聽到白河同學的呼喚，正在桌邊喝茶看電視的紗代婆婆站起來走向廚房。

「馬鈴薯在哪裡啊？」

「馬鈴薯？家裡現在大概沒有吧。」

「咦，之前不是還有嗎？」

「應該是前天拿去做可樂餅了。」

「……啊～～～！」

白河同學一副大事不妙地喊著：

「別人家沒有嗎？沒有人給嗎？」

「沒有人給馬鈴薯喔。畢竟這一帶沒人種嘛。」

「咦～……」

「一定要馬鈴薯嗎？不能用地瓜？」

「不能……」

「妳要做什麼？」

「……薯……」

「什麼？」

「……肉。」

「咦？馬鈴薯燉肉嗎？」

「不要講出來啦！」

聽到白河同學的叫喊聲，我不禁起身偷看廚房。

「……啊。」

和我對上眼的白河同學正露出泫然欲泣的表情。

「……人家本來想給他驚喜的～……」

「驚喜？妳沒有告訴龍斗嗎？對不起喔，小月。」

紗代婆婆見狀也慌了。

「不過妳就在對方旁邊做菜，很難當成『驚喜』吧。是不是啊？」

婆婆打算徵求我的認同，我也只能苦笑以對。

「白河同學……妳打算為我做馬鈴薯燉肉嗎？謝謝妳。」

「……可是沒有馬鈴薯……」

白河同學看起來相當失落。

「那就用買的吧？」

聽到我的提議，白河同學猛然抬起頭。

「人家去買。」

紗代婆婆看著我們露出微笑。

「那你們兩個一起去吧？如果是去附近的『石田屋』，走路就可以到了。」

◇

就這樣，我和白河同學出門去買馬鈴薯。

從紗代婆婆家門前的國道沿著山坡往上走，約八分鐘左右的路程似乎有間叫做「石田屋」的小商店。

八月初傍晚六點前的天色還算明亮，氣溫也沒有降下來，走在平緩的山坡讓我感覺衣服上滿是汗水。

「……龍斗，你喜歡馬鈴薯燉肉嗎？」

走在旁邊的白河同學突然抬頭看著我問。

「咦？……嗯，很喜歡喔。」

這種「喜歡」指的是外食時不會主動選擇這道料理，但是在家裡吃晚餐時看到這道菜會有些開心的意思。

我的回答讓白河同學露出微笑。

「太好了！人家還擔心會不會太老套呢。說到『希望女朋友做的料理』，果然就會想到這道吧？人家昨天想著能不能讓龍斗開心，在睡覺前查了很多食譜喔。」

她面頰微紅地如此說明。

「雖然沒辦法給你驚喜就是了。」

看到她苦笑的臉，我也笑了出來。

「就算不驚喜，我還是很開心喔。」

我用這樣的話安撫著她。

「白河同學……妳為了我而做的每一件事……都讓我很開心。」

「龍斗……」

白河同學凝視著我，眼中水光閃閃。接著她就像要掩飾害羞似的露出微笑。

「為了龍斗而做些什麼不是理所當然的嗎？畢竟人家是龍斗的女朋友嘛。」

「可是對我而言，那不算理所當然的事……而且我也不想把它當成理所當然。」

這是我人生中第一次過著有女朋友的生活。

而且，竟然還是由白河同學這樣優秀的女孩子來當我的女朋友。

如果將這種待遇視為理所當然，我一定會遭天譴。

即使經過一年、五年、十年，我能夠一直與白河同學交往……等到與她在一起成了理所當然——

「白河同學為我而做的事……那個，對我而言，永遠是特別的……」

我實在太過害羞，連話都說不好。雖然這副模樣很難堪，但必須好好地把自己的想法說出來才行。

「我希望……可、可以一直保有這種心情。」

白河同學聽到我這麼說，開心地露出微笑。

「……這樣啊。或許因為龍斗是這樣的人，人家才會願意為你做任何事。」

她垂下視線，如此喃喃自語。

「吶，人家可以牽你的手嗎？」

「咦？」

「會因為天氣太熱而不想牽嗎？」

她抬起眼睛注視著我，而我搖了搖頭。

「不會。」

我連忙用褲子擦了擦靠白河同學方向的手，把手上的汗水抹掉。

「來吧……」

白河同學將那隻白皙的纖纖玉手疊在我的手掌上……那纖細的手指交纏握住了我的手。

「……！」

這、這個莫非就是……情侶之間緊扣彼此手掌的牽手方式嗎……！

我們在公園約會時，用的是普通的牽手方式，因此被這麼偷襲一下，讓我心中小鹿亂撞，體溫也急速上升。

「嘿嘿。」

白河同學害羞地笑著，用頭頂了一下我的肩膀。

「果然會熱呢～」

「……夏、夏天嘛。」

「……要放開嗎？」

「不、不用！沒問題。」

於是，在抵達商店之前，我們一路緊緊牽著彼此的手走在夏日的山路上。

紗代婆婆所說的「石田屋」，是介於超商與超市之間（店面積約是超商大小）的一間小商店。裡頭販售許多飲料和零食之類的非生鮮類食品，也有少數幾個擺放蔬菜與盒裝肉類的貨架。

「啊，有馬鈴薯耶！」

看到蔬菜架的白河同學跑了過去，拿取足量的馬鈴薯放入購物籃。

拿完馬鈴薯後，在她走向收銀臺準備請店裡那位無所事事的老爺爺結帳的途中，白河同學的眼睛停在了飲料架上。

「啊～順便買點可樂吧。」

大概是因為紗代婆婆給了她一千日圓，吩咐她：「還需要什麼就買回來吧。」

「吶，龍斗。你明天想吃什麼？」

「咦？吃什麼都好……」

我目前是受人照顧，而且自己又不會做菜，所以覺得應該安分一點，然而這段話卻讓白河同學鼓起了腮幫子。

「真是的～！『吃什麼都好』是最讓妻子傷腦筋的話喔？你不知道這個話題之前在社群網站上很紅嗎？」

「咦？」

儘管我為了她突然說出「妻子」這個詞而心臟猛跳一下，但還是反省白河同學所說的話，急忙開始動腦思考。

「呃～那就……漢堡排怎麼樣？」

「漢堡排？那要怎麼做啊？」

「嗯、嗯～……查查看吧？」

「人家來查！……網路上說要用絞肉和洋蔥～！」

她回到蔬菜架前將幾顆洋蔥放進籃子，又走向了肉品架。

「絞肉……啊～有了。」

白河同學的手伸向包裝盒。不過當她看到價目標籤時，表情暗了下來。

「啊～好貴！兩百克要這樣的價格啊……得放棄一些東西才能買呢。」

「因為是牛絞肉吧？綜合絞肉好像賣完了。」

我平時沒有在買菜，對自己的判斷不是很有自信，但可能是因為地點的問題，肉的品項不太齊全，而且感覺也比較貴。

「既然如此，也不一定要做漢堡排呀。」

「這樣好嗎？有其他候補名單嗎？」

「呃……咖哩呢？」

「啊～不錯耶！那就多買一點馬鈴薯吧～！用豬肉可以吧？店裡有冷凍豬肉。」

「嗯。」

「人家很擅長做咖哩喔～！洋蔥用這樣的量，紅蘿蔔還有很多～……」

白河同學突然活力十足地開始採買。

於是我們在收銀臺幾乎花光那一千日圓，並且離開了「石田屋」。

「人家來拿吧。」

正當我們順著來時的國道準備走下坡時，白河同學朝我拿的物品伸出手。

在收銀臺時，我還拿了一袋紗代婆婆託我們買的盒裝衛生紙，所以我現在是兩手拿著購物袋與衛生紙的狀態。

「很輕啦，不要緊。」

我想展現一下男子氣概而這麼說，但是白河同學卻有點不開心的樣子。

「嗯～……」

當我還在想她怎麼了的時候，白河同學就抬起眼睛看著我，不滿地嘟噥：

「可是，這樣不就沒辦法牽手了？」

「啊……」

這樣啊。原來是這麼回事……

我一邊為她的可愛感到苦惱，一邊自我反省。白河同學則從我手中搶走了衛生紙。

然後她一把握住我的手。

「好，這樣就行了！」

開開心心這麼說的白河同學顯得更加可愛，讓我差點露出不像樣的微笑表情。

我們牽著手，沿著這條夜色迅速籠罩的傍晚山路下山。

彼此的另一隻手各自提著購物袋與衛生紙的袋子。

「……這樣感覺就像夫妻呢。」

白河同學羞赧地說。

「是……是啊。」

天氣已經很悶熱了，這股害羞的情緒更是讓我擔心手會不會出汗。

「……人家在這之前，根本沒有理解交往是怎麼一回事呢。」

白河同學突然感慨地自言自語。

「與他人交往……竟然是這麼美妙的事。」

白河同學邊說邊抬頭看向我。她的眼中真的在閃閃發亮，一點也不誇張。

「就是說啊。」

我用力握緊她的手。

要是有一天，我能覆蓋掉所有這隻手握過的男人記憶就好了。
懷抱著這樣的想法，我以強勁又溫柔的力道握住她。

◇

回到紗代婆婆的家之後，白河同學重新在廚房裡忙來忙去。
「好了，看人家怎麼兩三下就把馬鈴薯燉肉做好！」
「啊，我也……來幫忙吧。」
「咦？不用啦～……」
白河同學正想這麼說，不過她歪著頭思考了一下。
「……那麼，可以用削皮器幫人家削掉馬鈴薯的皮嗎？」
「嗯，好啊。」
這點小事我應該能辦到——當我這麼想並準備洗手時，白河同學朝我笑出聲。
「這就像剛才的人家呢。」
「嗯？」
「兩人一起拿東西……兩人一起做料理，這樣就能增加我們共處的時間吧？」

聽到這段話，我就想起為了和白河同學牽手而讓她拿衛生紙的事。

「啊，嗯，是……啊。」

她應該注意到我一個人待在客廳會覺得不好意思。一想到這裡，我就感到很開心。

白河同學總是會考慮到我的想法。為了我做任何事，充分地為我著想。

正因為她是如此體貼的女朋友，我也打從心底想要珍惜她。

我和白河同學不同，這是我第一次與他人交往，所以沒辦法百分之百確定。

但如果這就是所謂的交往，我相信那的確是一件非常美好的事。

女人很難搞，單身比較輕鬆——這些直到最近我都還相信的世間說法，該不會是讓非現充人士更加遠離戀愛的陷阱吧？

與白河同學度過的時間就是如此舒適愉快，足以讓我這麼懷疑。

「龍斗，馬鈴薯削完了嗎？」

「嗯，這樣就可以了吧？」

「啊，削得不錯喔！謝謝。」

當她收下馬鈴薯時，我們兩人有一瞬間碰觸到彼此的手，讓白河同學咧嘴一笑。

在這一刻，我忘了身處紗代婆婆的家，也忘了真生先生就在旁邊擺放菜餚，幻想起兩人世界的生活。

「我、我再削一顆馬鈴薯吧？」

「啊，嗯，謝謝！」

白河同學如此回答，將從我手中接過的馬鈴薯以生疏的動作放在砧板上，用菜刀切開。

那副模樣也很可愛。

「……我說啊。以後妳做料理時，我可以像這樣……在旁邊幫忙嗎？」

當我戰戰兢兢地提問後——

「咦？」

白河同學就抬起頭，直直地盯著我。

「啊，嗯……可以喔。」

接著她露出宛如向日葵的燦爛笑容。

「謝謝你，龍斗。」

在往後的兩週裡，我竟然可以天天都看到這樣的白河同學。

我的胸口中充斥那股心動的感覺。

當天的晚餐是紗代婆婆做的黃瓜番茄沙拉、味噌湯、真生先生做的涼拌竹莢魚，還有我也有出力、白河同學做的馬鈴薯燉肉。在我們去買菜的期間，紗代婆婆和真生似乎做了這些小菜。

白河同學做的馬鈴薯燉肉算好吃。雖然這次的馬鈴薯和今天早上的大頭菜剛好相反，軟過頭容易散掉，不過有充分入味。

「馬鈴薯燉肉……真好吃呢。」

當我對白河同學說出感想，她就開心地笑了出來。

「太好了！還好人家做的是人氣第一名的食譜～！」

那張天真無邪的笑容太可愛，讓我不禁想像起白河同學新婚時的樣子而差點承受不住。

◇

我和白河同學濃密的暑假就像這樣開始了。

早上起床搭真生先生的車到海之家工作，回家後煮晚餐吃，白河同學睡紗代婆婆的房間，我則在二樓的獨立房間就寢。

就在這樣的生活已經持續好幾天的某一日——

這天，白河同學和我從早上就待在家裡。因為真生先生對我們說：「下週是盂蘭盆節期間，會開始很忙。今天是平日，你們就先休息一天吧。」

紗代婆婆家的一樓設有外廊。大概是外廊朝向東邊，中午的時候那裡剛好位在陰影處，於是我擺了臺電風扇，一邊和白河同學聊天一邊玩手機遊戲。

「龍斗，吃點心吧～！」

吃完午餐的麵線後不久，白河同學一手拿著湯匙走了過來。她愉快地這麼說，將另一隻手中的塑膠杯遞過來。

「啊，好冰！」

那是冰得透心涼的果凍。

「這是龍斗的媽媽送來的！人家稍微放到冷凍庫裡冰了一下～！紗代婆婆說我們喜歡的話可以吃。」

「喔……」

前幾天，我的父母寄來了一個大大的瓦楞紙箱。裡頭是我拜託他們寄來的換洗衣物、送給紗代婆婆的高級鮮果果凍禮盒，以及感謝她照顧自己兒子的親手信。

「嗯～好吃～！真不愧是千●屋～！」

當我們並肩坐在外廊上開始品嘗果凍後，白河同學就幸福地捧起臉頰。

「桃子真是太棒了～！龍斗的西洋梨口味呢？」

「嗯，多汁又好吃。」

「好好喔～！給人家一口嘛？」

白河同學這麼說，張開嘴發出「啊～」的聲音。

「咦！」

這莫非就是……餵食對方的情境嗎！

白河同學張開嘴的動作太過自然，我根本沒時間做好心理準備。

於是我用緊張過度而顫抖的手勉強挖出果凍……結果沒有挖起最重要的水果果肉，只好重來一次……弄了老半天才終於準備好。

「來……」

「啊～」

白河同學兩手放在前面，朝我探出身體。她的胸部就夾在雙臂之間……形成將胸部往前挺，彷彿在強調乳溝的姿勢。

「……！」

這個角度太令人心癢難耐了……！

真棒……！

白河同學或許沒有注意到，但是這個姿勢對我的心臟很不好，希望她別這樣……不對，我是很高興啦。但如果我興奮起來，以這個距離一下子就會被發現，因此我得辛苦忍耐，不能盯著她看。

今天的白河同學穿著肩膀處有花邊的小背心與短褲，打扮與外出服相比更加休閒。那種不設防的感覺在煽情的意義上來說非常棒。

白河同學天真無邪地含住心中充滿雜念的我拿著的湯匙。

「……嗯，這個也好好吃～！」

她用電視上美食播報員般的激動情緒捧著雙頰。

「人家也來餵龍斗吧？」

她惡作劇似的詢問，害我心中猛然一跳。

「……可、可以嗎？」

「當然啦！只有人家吃你的不太好吧？」

白河同學禮尚往來地這麼說，挖了一匙自己的果凍。

「來，張開嘴巴～」

被白河同學一催，我就戰戰兢兢地打開只對牙醫與耳鼻喉科醫生張開過的嘴。

「啊！」

「咦？」

白河同學看到我的口腔時，手就停了下來。難道牙齒上卡著蔥嗎？我連忙閉上嘴巴。

然而，白河同學說出令人意外的話。

「……龍斗，你的牙齒好可愛呢～」

「牙、牙齒？」

「嗯，感覺就像一群鄰居排排站互相打招呼，好可愛。」

第一次有人這麼說。由於我的下顎比較窄，齒列不太整齊，我對這點有些自卑。

「…………」

原來如此……也可以用那種方式解釋啊。

當我對白河同學的想像力佩服不已時，她「啊」的一聲閉上嘴。

「你不喜歡人家這麼說嗎？對不起喔。」

「不會，沒關係。」

「人家不是要取笑你……」

白河同學像在為自己辯解，接著臉頰染上紅暈。

「只是因為又發現一個龍斗讓人家喜歡的地方，覺得很開心。」

白河同學……

被她這麼一說，我也開心得害羞起來。

白河同學連我自卑的地方都能轉換成她所愛的特色。

「……對不起喔。來，果凍給你吃。」

她重新整理了一下情緒後，再次說著「啊～」，遞出了果凍。

只是換了一種水果，那口果凍就讓我感到特別甘甜。

讓白河同學用湯匙餵食果凍之後，我感覺胸口有種癢癢的感覺，心臟怦通怦通地跳。

拉門關上的客廳裡清楚傳來談話節目的聲音。紗代婆婆的耳朵有點不好，電視的音量都開得很大。

「啊～真好吃～」

先吃完果凍的白河同學舉起空盒子這麼說。

「要是『LUNA MARINE』也賣這個就好了。」

「在海之家賣千●屋的果凍？可以賣嗎？」

「不知道。之後再問問看真生吧～」

說完白河同學笑了笑。

「乾脆叫人家的媽媽也買果凍當伴手禮好了。」

白河同學的母親似乎預計在白河同學逗留於此的期間來這裡。和她的母親見面，與和外曾祖母或舅舅見面完全是兩回事。光是想想就讓我從現在開始緊張起來。

「白河同學的母親預計什麼時候過來？」

「不知道，還沒有接到通知。海愛好像說她今年也不會來就是了。」

「這樣啊……」

聽到這個回答，讓我稍微鬆了口氣。

「……『ＬＵＮＡ ＭＡＲＩＮＥ』這個店名，就是用我們的名字取的喔。」

白河同學突然嘟噥說。

「真生一開始想取『ＬＵＮＡ ＭＡＲＩＡ（註：海愛的日文讀音為ＭＡＲＩＡ）』，但是海愛抗議說『絕對不要，我又不喜歡海』，所以才改成現在這樣。」

原來如此……原始構想是把姊妹倆的名字直接拿來用啊。

「不過，『ＭＡＲＩＮＥ』是從『海愛』改的吧？現在的名字感覺也不錯。」

「是啊～真生很疼人家和海愛，所以才會想用我們的名字當作店名。我們住在一起的時候，海愛也很喜歡真生……不過分開住之後，她似乎就變得有些疏遠了呢。真生還常常嘆氣說：『海愛最近好冷淡喔～』」

「原來是這樣啊。」

有鑑於真生先生與白河同學一樣都是外向型的人，我隱約知道黑瀨同學為什麼會稍微帶點傲驕的氣質了。

「海愛和媽媽住在一起，遇到真生的機會比人家更多。人家有點羨慕她呢。」

白河同學臉上掛著有點寂寞的微笑。

「但就是因為如此，人家才能和爸爸在一起，這是沒辦法的事。誰也無法得到一切，必須有所抉擇。」

「……是啊。」

我很驚訝。沒想到平時那麼開朗、彷彿擁有世上一切的白河同學竟然如此豁達。

「海愛從以前開始，比起手中擁有的東西，好像更偏好自己得不到的東西。」

白河同學似乎沒注意到我的驚訝表情靜靜地說。

「所以，人家大概明白海愛之所以喜歡龍斗的原因了。」

「咦……？」

「她應該不信任他人的好意吧？所以她會遠離對她表示好感的人，反而追逐離她而去的事物……人家有時候會想，那種生活方式不辛苦嗎？」

聽到白河同學的話之後，我感覺比過去更能清晰地掌握到黑瀨同學的人格特質。

她真的與白河同學正好相反。

「人家和海愛從以前就完全不一樣。但是……人家還是很喜歡海愛。」

如此低喃的白河同學似乎正想著身處遠方的妹妹，露出憐愛一般的微笑。

「海愛很可愛呢。」

我等了一下，看到白河同學沒有說下去，只好點點頭。

「……是啊。」

才剛說完，白河同學就睜大眼睛。

「啊～你果然還是喜歡海愛吧！」

「咦？」

怎麼這樣！

還有這樣陷害人的喔！

「……開玩笑的啦～」

白河同學露出小學男生那種淘氣笑臉，這才讓我鬆了口氣。

「那、那都是過去的事了。是遇到白河同學之前的……」

我就像在為自己找藉口，白河同學也點點頭。

「對，已經是過去的事了……」

她喃喃自語，就像把這些話說給自己聽。

「雖然人家的理智很清楚龍斗現在的心是向著人家，而不是海愛——」

這時，她抬起眼睛看向我。

「之前不是也說過嗎？每次人家提到前男友時，龍斗總是會露出很複雜的表情。」

「喔，是啊。」

我回想去江之島時，兩人在電車裡的對話。

「人家好像明白那個原因了。」

白河同學如此說，然後露出微笑。

「人家大概也一樣。因為喜歡現在的龍斗，就想回到過去，連以前的龍斗也獨占……」

她仰望天空，自言自語般地低喃，接著突然將臉轉向我。

「龍斗是怎麼控制情緒的呢？」

「咦？」

「像人家交過好幾個男朋友這種事……如果人家站在和你相反的立場，一定會對此感到嫉妒。腦中會不斷想著你和比人家更可愛的女生交往過的事情。」

「……與其說是控制了情緒——」

我從與白河同學開始交往的時候就思考著那個問題，現在已經想出自己的答案。

「我認為之所以有不痛快的感覺，是因為我缺乏自信。但是，那個問題一定可以靠時間解決。與白河同學相處的時間越久，兩人的羈絆就越深……我相信總有一天，自己將不再在意前男友的事……現在的我就是在等待那個時刻。」

白河同學沉默了一段時間後——

「……這樣啊。」

接著如此低喃。

白河同學思索一下該說什麼後，又再次開口說：

「是啊。只要時間過去，總有一天我們都能放下。」

她快活地說著，展現出笑容。

然後她的表情突然變得很嚴肅，直直地注視我。

「吶，龍斗。」

「嗯？」

「這種話從人家口中說出來，可能會很奇怪……」

頓了一拍，白河同學繼續說：

「如果可以的話……能不能和人家一起當海愛的朋友呢？」

「什、什麼意思？」

白河同學以認真的眼神回看著一頭霧水的我。

「人家想和海愛做朋友。」

「咦！」

「從正面進攻也只會被拒絕。我們不是同班同學嗎？學校的同學們不知道我們的關係。所以，當人家強硬地表示『我們做朋友吧』的時候，海愛應該也無法置之不理吧？——我是這麼想的。」

「妳的意思是向大家隱瞞姊妹的關係，純粹以同班同學的身分和她交朋友嗎……？」

「嗯。人家希望龍斗在旁邊支援。」

白河同學深深低下頭。

「當然，人家知道以現在的狀況來說是很困難的事。而海愛應該也需要時間整理對龍斗的感情。」

「…………」

我只能驚訝地說不出話。這是多麼強硬的作戰計畫啊……

可是，白河同學看起來很認真。在這個悶熱的仲夏午後，她的額頭滲出汗水，彷彿將思緒投向她遠眺的天空瞇細眼睛。

「等到秋天過去，冬天開始的時候……人家希望能再次待在海愛身旁。希望還能和海愛一起在暖桌裡一邊看電視，一邊分享papi●（註：papico，日本的棒棒冰。一包兩支裝，可拆開讓兩人食用）。」

「咦，在冬天？」

白河同學說的是感覺只會在夏天吃的冰沙型冰品，讓我不禁訝異地反問她。

而白河同學則是大感意外地看著我。

「咦～你沒試過嗎？冬天時剛洗完澡就鑽進暖桌吃pa●co最棒了耶！」

「嗯～硬要說的話，我是雪見大福派的。」

「哦～那也很好吃啦。」

「冬天不是就該吃雪糕類的冰嗎？」

「啊～這麼一說確實有那樣的感覺呢～！不過可能只是因為人家喜歡●pico吧！」

「這樣啊。」

因為她最後講起玩笑話，我不知道白河同學對這個計畫的認真程度有多少。

不過，我已經深深體認到白河同學對黑瀨同學的心意。

那是黑瀨同學那些親衛隊男生們遠遠比不上，更加濃厚強烈的純粹情感。

我不禁盼望黑瀨同學能早點察覺這股深刻的愛情。

◇

另一天——

由於盂蘭盆節快到了，平日的海之家也是生意興隆。就在那種日子的晚餐過後——

「龍斗～！來放煙火吧～！」

白河同學拿著一袋東西給剛洗完澡的我看。那是手持煙火套組。

「是真生給的！他要我們一起玩。」

「我從進貨商那邊拿到的喔～！不過好像是很舊的庫存品，可能已經受潮了～」

真生先生也來了，他在外廊旁邊的庭院準備了水桶和打火機。

「還有這個，月愛。」

真生先生交給白河同學的東西是一支智慧型手機。玻璃螢幕上一點傷痕也沒有，宛如新品般漂漂亮亮。

「剛才拿到的。好像很不容易修理，店家送到東京去修，所以這麼晚才修好。」

「咦，只換玻璃螢幕就好了嗎？」

「應該是吧？反正維修費很便宜。但畢竟不是正式的維修站，對方說之後再壞掉就沒辦法保證能修好了～」

「太好了～！」

白河同學開心地回到房間，然後再走回庭院。

「你們看～！復活了！」

她舉起裝著和我同款「大叔兔兔」手機殼的智慧型手機。看來手機殼毫髮無傷。

「這樣就能拍煙火的照片了～！太好了～！」

「能拍得漂亮嗎？亮度不夠會很困難吧？」

我和白河同學邊聊邊做準備，接著在庭院外放起煙火。

待在客廳裡的紗代婆婆與真生先生隔著鑲嵌著玻璃的拉門，遠遠眺望我們用煙火的光芒畫出的圖案。

「奇怪～？點不太著耶～……」

大概是煙火真的受潮了吧，有好幾個點不太著。

「我看看……」

就在我靠近白河同學手上的煙火時——

噗咻！

細長的圓筒噴出火花。

「哇啊！」

「嚇人家一跳～！」

煙火隨即像什麼問題也沒有似的正常運作，使我們兩人對看了一眼。

「……龍斗你剛才嚇了一大跳呢。」

大概是我的反應太滑稽，逗得白河同學笑了出來。

「因為剛才實在太嚇人了嘛。」

「哈哈哈，有夠好笑～！」

她一邊笑，一邊拿著煙火朝我亂揮。

「看招、看招～！」

「很、很危險耶！」

「這點程度的煙火，靠近一點也沒問題啦～！」

「要是像那樣玩火，小心會尿床喔？」

我的話讓白河同學收起笑容。

「咦，真的假的？」

「是我奶奶說的。大概是迷信吧。」

「什麼嘛。」

白河同學鬆了一口氣的表情逗笑了我。她在那個瞬間信以為真的模樣很可愛。

「太好了～在這個年紀還尿床未免太難看了～！」

「要是說了那種話，搞不好會變成預言喔？」

「糟糕！那人家不說了！」

我們一邊聊著這種沒營養的話題，一邊享受放煙火的樂趣。

普通的手持煙火放完後，就到了最後玩仙女棒的時候。

「……仙女棒火花的樣子看起來很有趣呢。」

白河同學抱著膝蓋蹲在地上，注視著手中不斷濺出火花的仙女棒喃喃說道。

「看起來像不像雪花？明明就是熱的。」

「啊～確實很像。我倒是覺得像蜘蛛網一樣。一般的高空煙火則像掃帚。」

「啊～人家覺得一般的高空煙火像芒草呢。」

白河同學這麼說，微微地輕笑一聲。

「……說到芒草啊～」

白河同學手中的仙女棒燒斷了，她伸手拿起新的仙女棒。

「人家到現在還記得龍斗的告白喔。你說『稀飯泥』，人家還以為是『鈴木（註：主角將喜歡妳的すき唸成すすき，是芒草的日文，也與鈴木的讀音すずき相近）』呢。可是人家覺得奇怪，怎麼會跟情書上的名字不同？」

「啊～……」

那是一段黑歷史。

看到我繃著臉，白河同學笑了出來。

「人家當時覺得你很有趣呢。明明這麼緊張，卻還是告白了。」

「那其實是……」

我覺得應該說出來。

避免像黑瀨同學的事那樣，之後變得難以啟齒。

我不想再對白河同學隱瞞任何事了。

「懲罰遊戲。」

我的自白讓白河同學拿著煙火湊向蠟燭的手停了下來。

「懲罰遊戲？什麼的懲罰遊戲？」

「期中考的時候，我對朋友說『自己完全沒讀書！』，結果我的分數卻是最好的，所以就被迫玩懲罰遊戲了。」

我簡單易懂地整理了一下整件事，但應該跟事實差不多吧。

「咦，等一下、等一下。」

白河同學突然變得很慌張。

「那就是說，龍斗其實一點也不喜歡人家嘍？」

「不對，並不是那樣。」

我也慌了手腳。

「那個懲罰遊戲是『向喜歡的人告白』啦。」

聽到這句話，白河同學才露出放心的表情。

「這樣啊……話說龍斗你是從什麼時候開始喜歡人家的？」

「咦？我想想……」

雖然開始暗戀她的契機是借自動筆那件事，不過在此之前我就單方面注意她，對她抱有憧憬了。

「……從一年級的時候開始。」

「咦，我們明明不同班？」

「嗯。」

「為什麼？」

「……因為妳很可愛。」

「咦～可愛的女生那麼多，又不只人家一個。」

白河同學嘴上這麼說，看起來卻很開心。

「那麼你應該早點告白呀。」

「不是啦……」

我思考著與白河同學告白前的事，苦笑著說：

「我原本完全沒有告白的打算。如果沒有那個懲罰遊戲，也許直到現在……我還是不會開口吧。」

應該說，我幾乎可以斷定自己到畢業也開不了口。

「咦～？為什麼？」

「因為我沒有自信啊……就算告白了，我也不認為能被接受。」

「可是人家不就點頭了嗎？」

「所以我才會那麼驚訝啊。」

在我十六年的人生之中，那天發生的事所造成的衝擊堪比人類歷史中的耶穌誕生。

「咦～……」

白河同學一臉不敢置信地低喃，她用沒有拿仙女棒的那隻手抱住大腿。

「……不過如果是那樣，龍斗就很為朋友著想呢。」

她微微一笑，讓我疑惑地發出「咦？」的聲音。

「因為是和朋友的約定，所以明知會被拒絕也要告白吧？」

「嗯……」

「那樣做很棒喔。會讓人家覺得你很為朋友著想……而且又正直，完全展現出龍斗的性格呢。」

我沒想到她會把我誇成這樣，害羞地搔了搔臉。

「沒有啦……」

「一定就是那樣。」

白河同學一副想通了什麼似的用力點點頭。

「在龍斗的身體裡，原本就存在強烈的愛情與體貼他人的心。不管是朋友還是家人……你都能將這些感情分享給身邊的人，只不過剛好沒有女孩子得到你的感情而已。」

她邊說邊點燃另一支仙女棒。

「無論人家怎麼追求真正的愛情，都沒有像龍斗那樣的人向人家告白……感覺人家在談戀愛的方法上搞錯了很多事呢。」

有如蜘蛛網，又像是雪花的仙女棒在白河同學的手中閃閃發光。她凝視火花這麼說，然後抬起頭注視著我。

「……龍斗，謝謝你選擇了人家。」

白河同學被煙火照亮的眼睛，閃爍著搖曳的水光。

「白河同學……」

我好想抱住她。

我想抱緊她，然後……和她接吻。

我這麼想著，打算朝她的肩膀伸出手。為了保險起見，我先回頭查看一下。

「……！」

然後就看到了——

在玻璃拉門的另一邊，紗代婆婆與真生先生猛然撇過頭去的畫面。

「…………」

可愛的外曾孫女&外甥女和性慾旺盛的高二男子兩人獨自相處，會讓人在意也是在所難免嘛。

「……啊，掉了。」

白河同學遺憾地說。我看了過去，手上的仙女棒已經熄滅了。

「啊，這好像是最後一支了……我們進屋吧？」

太陽很久以前就已經下山了，但酷暑日子的夜裡仍然充滿說不上舒適的悶熱。

「說得也是……」

如今既沒有繼續待在外面的理由，也沒有讓我們外出的藉口。

好想親她喔……

話說回來，自從划船那時做過一次之後，就再也沒有親過她了。不過牽手倒是變得很自然就是了。

這樣下去好嗎？雖說我希望珍惜白河同學，這樣會不會太謹慎了？

儘管我如此自問自答並煩惱不已，但還是只能收拾水桶裡的煙火回到屋內。

◇

當天夜裡——

不知道是因為心情很悶，還是因為玩了火怕尿床，我難得在半夜起床上廁所。

紗代婆婆家是典型的日式房屋，走在暗處時隱約有種玩恐怖遊戲的感覺，還滿恐怖的。

而且因為只有一樓有廁所，睡在二樓的我上廁所時得先下樓梯。

就在我惴惴不安地到一樓上廁所，準備回二樓的時候——

「……咦？」

我注意到有一扇客廳通往外廊的拉門是打開的。最後睡覺的人忘記關了嗎？

雖然這裡是平靜的鄉下小鎮，但這段時間社會上不算平靜……正當我這麼想，靠過去打算關門時……

「……！」

卻看到外廊有個人影。

吃驚的我原本要大喊，但仔細一看，那個人是白河同學。

白河同學穿著平時那種休閒居家服坐在外廊上。

我感到心臟怦通怦通地跳著。

離開房間前我看過時間，現在已經過了半夜一點。由於距離早上還很久，紗代婆婆和真生先生應該都睡著了。

搞不好可以製造出氣氛順勢親她……我打著歪腦筋走向她。

……然而——

「……白河同學？」

當我看到她的側臉時，不純的想法瞬間飛到九霄雲外。

白河同學明顯露出消沉的表情。

「……龍斗。」

注意到我而轉過身的她果然沒有平時那股活力。

「白河同學，妳在這邊做什麼呢？」

「嗯……」

白河同學低下頭，她的視線落在置於膝蓋的智慧型手機上。

「媽媽說她這次沒辦法來。」

「咦……」

「她今年因為搬家用掉好幾天特休……而且又是派遣員工，不好意思在正職員工也想休假的夏天請假。」

我一邊聽著，一邊在白河同學身邊坐了下來。

聽說白河同學的母親在東京的百貨公司工作。白河同學告訴我因為是輪班制，媽媽很少有連假，若是只來一天就回去工作會很辛苦，等到調整好休假時間後會通知她。

「……回到東京後，妳會去見她嗎？」

覺得白河同學很可憐的我如此詢問，她歪著頭思考了一下。

「不確定耶。回到那邊之後，她如果要見人家不是必須先聯絡爸爸嗎？而且她不久前才跟下一個對象分手，氣氛太僵了，現在好像不想聯絡爸爸。」

「這樣啊……」

原來還有那樣的內情。

「真是複雜呢。」

「就是說呀。真的有夠麻煩。」

白河同學嘆了口氣，暫時閉上了嘴。

「……人家的媽媽從國中一年級開始和爸爸交往，到分手前一直都只愛著爸爸。」

過了一會兒，她才緩緩道來。

「生下姊姊，人家和海愛也出生之後……媽媽就是在那時發現爸爸外遇。但媽媽選擇了原諒，因為她喜歡爸爸，只有和爸爸交往過。她說事到如今即使離婚，她也沒有和其他男人談戀愛的自信——因為對獨自一人生活感到不安。」

我點著頭，默默地聽下去。由於我過去幾乎沒有聽別人述說家庭狀況的經驗，不知道該怎麼回應才好。

「大概是因為這樣吧……她常常像唸咒一樣反覆叮嚀我們：『男人天生就會劈腿。』」

白河同學仰頭看向天空，露出回憶往事的恍惚眼神。

「但是當她發現爸爸第二次外遇時，似乎就受不了了。當媽媽想到爸爸在第一次外遇時堅定地發誓『絕不會有下次』的樣子，她就再也沒辦法相信爸爸的任何一句話……再也無法和爸爸生活在一起。」

想到那個決定撕裂了白河同學的家庭，我就感到一陣心痛。即使如此，也沒有人會責怪她的母親吧。

「人家覺得爸爸的外遇不是真心的喔，因為爸爸到現在還愛著媽媽。」

白河同學這麼說著，對我露出笑容。那是一張內心難受的笑容。

「爸爸之所以要人家的監護權……應該是人家長得像媽媽吧。他最近常常說：『月愛越來越像媽媽了呢。』說這種話的時候，爸爸看起來真的很開心……真是個笨蛋呢。」

我實在看不下去白河同學這副模樣，開始想著要怎麼把話題從陳年往事上拉走。

「妳爸爸現在有交往對象嗎？」

白河同學稍微思考了一下我的問題，接著搖搖頭。

「嗯～……最近應該沒有。雖然前陣子假日時他都不在家，不過後來可能分手了。」

「這樣啊……」

「因為有人家在的關係嘛～交往對象有個高中生女兒，對女方來說應該是很難忍受的一件事吧？」

平時開朗的語氣如今卻悲傷地迴蕩在深夜的外廊。

「可能只要人家還在家裡，爸爸的戀情就沒辦法順利吧。雖然對他很不好意思……不過這就是所謂的自作自受吧。」

白河同學皺著眉頭，提起嘴角苦笑。

雖然只有短短一句，卻是我第一次聽到白河同學說別人的壞話。

她對造成離婚的父親所抱持的感情，就是如此複雜吧。想到她懷抱的心情，我就為她感到心疼。

「……話說龍斗怎麼會在這裡？該不會尿床了吧？」

或許是看到我的表情鬱悶，白河同學輕鬆地開了我一個玩笑。

「有、有確實趕上啦。」

不管我現在說什麼，都不過是外人的風涼話。想到這裡，我就沒辦法把話題拉回去，只能配合白河同學的玩笑話。

「這樣啊。那麼人家也上個廁所後回房間吧。」

白河同學笑著站起身，朝我揮了揮手。

我也站了起來……接著——

下定決心牽起白河同學的手。

「……龍斗？」

白河同學吃驚地注視著我。

我回想放煙火時沒能成功的吻，胸口深處燃起火焰。

此刻沒有人看著我們。

雖然沒有人在看……

——媽媽說她這次沒辦法來。

我想起白河同學剛才的寂寞表情，心裡一陣酸。
雖然我忍耐不住，下意識地抱緊了她。
然而對白河同學而言……現在不是時候吧……？
「……晚安，白河同學。明天見。」
結果我只能這麼說，依依不捨地放開手。
白河同學回看著我，淺淺地笑了笑，然後調轉腳步轉過身去。
「……嗯。晚安，龍斗。」
從走廊上的那個背影傳來的聲音，聽起來似乎帶著一點哽咽。

◇

我感覺這個夏天一直處於很壓抑的狀態。
再這樣下去，難道還沒親到她第二次，夏天就要結束了嗎？
雖說如此，在這種白天去海之家、晚上在紗代婆婆與真生先生住的房子裡度過的狀況下，我也沒辦法做出什麼大膽的舉動……
時間終於來到夏日祭典那天。

舉行夏日祭典的早上，我們一如往常前往海之家。由於明天預定吃完早餐後就會請真生先生送我們到車站，所以今天是在海之家工作的最後一天。

中午的尖峰時刻告一段落後，真生先生就先暫時送白河同學回紗代婆婆家，讓她換穿浴衣、打理頭髮，為傍晚開始的祭典做準備。

當真生先生回到我獨自一人看顧的店裡後，他對我說了聲「辛苦啦～」，並且交給我一個信封。

「這兩個多星期以來謝謝你啦。龍斗同學你也可以下班了～」

「咦……」

當我想著現在才三點左右的時候，真生先生輕輕頂了我一下。

「今天是你們交往兩個月的紀念日吧？找個東西送給她吧？月愛很喜歡驚喜，情緒一定會嗨到爆表喔～？」

「啊……！」

這麼說來確實如此。因為腦袋裡充滿在夏日祭典約會與白河同學穿浴衣之類的事，不過仔細一算，從去江之島那天開始到今天剛好過了一個月。

「就用那些錢當經費吧～！」

真生先生指著我手上的信封。

「……？」

我實在收受不起女朋友舅舅給的零用錢……我雖然這麼想，但裡頭裝的不一定是錢。而當我打開信封確認時，卻與裝在裡頭的好幾位諭吉（註：福澤諭吉，日本萬圓鈔上所印的人物）對了眼，讓我大吃一驚。

「這是……！」

「打工費啦～！畢竟我讓你一天工作五小時嘛。」

「有……這麼多嗎！」

工作時間雖然確實是從早到晚，但是沒事時我都跑去海邊玩。就算待在店裡，很多時候也只是與白河同學閒聊。

「哎～你就是工作得這麼努力喔。」

「不對，可是……你們這兩週都讓我住在紗代婆婆家。」

考慮到照顧我的開銷，沒拿錢是應該的。而且雖說是工作，我的心態比較像校慶時參與班上開的咖啡廳，不過我還是儘量想報答你們……

聽到我語無倫次的說明，真生先生溫柔地露出微笑。

「因為有龍斗同學幫忙，我可以在營業時間之內完成進貨與備料工作，多出來的時間就能用來照顧婆婆。所以，你幫了大家的忙喔。這筆錢是相對應的報酬。」

他的口氣沒有平時的輕浮，變得讓人感到十分誠懇。

「…………」

我感覺自己明白白河同學之所以仰慕他的理由了，連同為男性的我都會迷上他。

幸好真生先生是白河同學的舅舅……如果這樣的人是競爭對手，我根本贏不了。

「……謝、謝謝！」

只能這麼回答的我低頭致謝，真生先生則笑著揮揮手。

「給她一個大驚喜吧～！月愛就拜託你了。」

◇

換過衣服離開海之家後，我前往夏日祭典的會場。

舉辦夏日祭典的場地在靠山的方向，位置有一點高的神社裡。大概是因為高空煙火會在海邊施放，海岸一帶已經擺出許多攤販。

「就算要給驚喜……」

在這種地方，我有辦法買到什麼能讓高中生女友開心的東西嗎？

在那些攤販裡，不只有專門的露天攤商，還有當地商家像在辦跳蚤市場似的過來擺攤。

由於目前是暑意正濃的中午時分，外出的人還很少。這時，獨自走在攤販街避暑納涼的我將視線停留在道路轉角處的一間攤販上。

◇

就在烈日帶來的酷暑稍微減緩的五點時，我接到白河同學傳來的「準備完成！」的聯絡，走到紗代婆婆家去接她。

「龍斗，好看嗎？」

看到出現在玄關處的白河同學，我說不出話來。

好可愛……她看起來可愛到了極點。

白河同學身穿以紫色與粉紅色為底色、具有花朵圖案的浴衣，腰間綁上同色系的深色腰帶。她提著小巧的草編包，臉上露出微笑。雖然盤起來的髮型充滿辣妹風格的華麗感，不過或許是因為經過紗代婆婆的打理，她的模樣與我預測的可能造型之一——花魁型路線完全不同，是正統派的裝扮。

「……很、很可愛喔。」

白河同學「啊～」的一聲噘起嘴巴，如往常一樣害羞不已地對我表達不滿。

「泳衣時的反應比較好耶～！龍斗你好色！浴衣不好看嗎？」

「沒、沒有那回事！很、很可愛喔。」

「嗯～真的嗎～？」

「真的啦！」

這段打鬧在紗代婆婆從屋內走出來後就告一段落。我們向紗代婆婆打了聲招呼後便離開家裡。

神社與紗代婆婆的家雖然都靠山邊，但方向不同。必須先往海灘的方向下山，經過攤販區後再上山才能抵達神社。若要觀賞煙火，就必須再回頭往海邊的方向下山，但若想逛完整個祭典活動，就只能這麼走。

顧及到穿木屐的白河同學，我在下山時走得比平時還要慢。

「妳的腳沒問題嗎？」

「嗯，沒問題喔……龍斗，你從剛才開始就老是在說這種話。」

我似乎問太多次這個問題，讓白河同學笑了出來。

「抱歉……我是第一次和穿浴衣的女孩子走路。」

　　畢竟上次約會時她的腳被鞋子磨傷，我也不知道穿木屐會多難走路，讓我下意識地太過顧慮她。

「呵呵，謝謝。」

　　白河同學開心地笑了笑。

　　我已經忘記自己幾年沒有逛過祭典了。只記得在小學升上高年級之前，似乎常常被朋友找去地方祭典遊玩。

　　當我們抵達山腳下，就看到攤販街上的人變得比剛才還要多。此地是平時除了海灘以外的地方都很冷清的鄉下小鎮，這些人到底是從哪裡冒出來的啊？

「韓式起司熱狗是什麼呀？有好多這種店喔。」

　　當我們開始左顧右盼逛起攤販時，我就把事前查看時就一直存有的疑問說出來。

「咦～你不知道嗎？那是韓國的小吃喔。裡頭的起司會拉得很長，超級好看的！」

「就像起司熱狗那樣？」

「啊～對對對。不過是油炸過的。」

「炸過的起司熱狗，樣子會好看嗎？」

「嗯！還有的起司顏色像彩虹一樣。」

「哦～我第一次聽說。」

「從很久以前開始，那就是小吃攤常會出現的品項喔～！」

「這樣啊。」

在我沒有接觸的時間裡，祭典攤販的流行似乎也出現了變化。還有些攤販在賣白河同學喜歡的珍珠奶茶。

「連珍珠奶茶都有耶。」

「啊～真不錯！剛好人家口也渴了。」

「我買一杯給妳吧？」

「人家自己買啦～不過人家也想吃蘋果糖，該選擇哪個好還真是困難呢……」

「我兩邊都買給妳吧。」

「咦，龍斗你怎麼了？中了彩券的大獎嗎？」

白河同學感到很驚訝，我則對自己平時的小器形象苦笑不已。

「真生先生給了我海之家的打工費。」

「真假？不會吧～！真好！」

「白河同學沒有拿到嗎？」

「嗯……不過他畢竟幫人家付了智慧型手機修理費嘛。回去之後再問問看吧，搞不好有機會領到。」

「我想他應該會給妳吧。」

手頭寬裕的我這麼說，幫她買了珍珠奶茶和蘋果糖。

「哇～好開心喔～！感覺世界上的一切都好像會得手呢！謝謝你，龍斗！」

白河同學露出誇張的欣喜表情咬起蘋果糖。

「……聽說爸爸買給媽媽的第一個禮物就是蘋果糖喔。就在居住地的夏日祭典。」

白河同學這時突然想起什麼一般地說：

「我們的是什麼東西呢？珍珠奶茶嗎？」

「啊，的確是呢。」

我想起白河同學生日約會時的事。

「雖然爸爸和媽媽最後分手了，但他們曾經是人家憧憬的對象……因為在事情還沒發生的時候，他們的感情很好，看起來非常適合彼此。」

白河同學一邊咬著蘋果糖，一邊滔滔不絕地說。

「之前雖然也說過，人家很憧憬能像媽媽一樣，和第一次交往的人結婚。」

接著，咬著蘋果糖的她將頭深深低下去。

她的步伐越來越小……最後停了下來。

「白河同學？」

當我充滿疑問地窺探她的臉時，不禁愣住了。

白河同學的雙眼積滿了淚水。

「妳、妳沒事吧？」

談到父母的事，想必讓她想起難過的回憶吧。我著急地這麼想，白河同學則喃喃說道：

「……為什麼人家不是第一次呢？」

她悲傷地低聲嘟噥。

「看到龍斗對很多事情生疏的樣子，人家就覺得很難過。」

「咦……」

白河同學抬起頭，對只能不知所措愣在原地的我訴說：

「雖然不是在這裡的祭典，但不管是穿著浴衣和男人走在一起……或是一起看高空煙火，人家都不是第一次經歷。」

她說著這些話的表情，扭曲得令人心痛。

「如果是第一次就好了……」

她的雙眼溢出淚水。

「……！」

在吃驚得發不出聲音的我面前，她就像想要躲避周遭行人的視線，以兩手遮住容顏。

「和龍斗經歷過的第一次，全部都那麼美好……人家真想消除自己的記憶……」

白河同學肩膀一顫一顫地哭泣著。

「龍斗給了人家許許多多的第一次……讓人家很開心……然而人家卻沒辦法將第一次給龍斗……」

平時開朗樂觀的她，原來也會這樣大哭啊。

吃驚得愣在原地的我這時猛然回過神。

「我已經收到許多了喔。」

我情不自禁地說出這句話。

「就算約會的地點不是第一次……假如白河同學和我待在一起時的感受與過去不同……我就很開心。」

時光無法倒流。雖然已經發生的過去無法抹除……但是我希望她不要對已經過去的日子懊悔，不要因此感到心痛。

因為我真的非常喜歡此刻站在我面前的白河同學。

「龍斗……」

白河同學以水光閃閃的溼潤眼睛看著我。

「我幫妳拿吧。」

我從白河同學的手中接過珍珠奶茶的杯子，牽起她的手。

我們默默走了一段路。

剛才幾乎處於休息狀態的大阪燒店老闆，這時正在排隊的顧客面前忙碌地揮舞著鍋鏟。某處的爆米香攤位傳來「砰」的巨大聲響，周遭的人掀起一陣騷動。

「……人家也認為自己很矛盾。」

白河同學停下咬蘋果糖的動作，重新展開話題。

「人家也會覺得還好是現在才跟龍斗交往。」

我聽不懂她的意思，於是等著她說下去。白河同學對我微微一笑。

「如果一開始就和龍斗交往……人家可能就會把這種來往視為理所當然，因此忽視龍斗的許多優點。」

她喃喃說道，然後輕笑一聲。

「不只如此，甚至可能會向朋友抱怨『人家的男朋友一直都不想上床，他該不會不愛人家吧？』之類的話。」

「咦，好難過……」

我模仿白河同學平時的語氣，讓白河同學哈哈大笑。

「……在這之前，每次男朋友要求上床，都會讓人家感到安心。覺得對方愛著自己，覺得這裡就是人家的棲身地。」

白河同學就像在悼念遙遠過去的痛苦一般瞇細眼睛。

「現在回想起來，那反而代表人家在床上以外的時間都無法實際感受到愛吧。」

我靜靜傾聽笑著自嘲的她所說的話。

「現在的人家或許明白了。知道龍斗……其實非常為人家著想。」

白河同學稍微垂下視線，幸福地露出微笑。

「一想到這裡……人家就覺得過去經歷的的戀愛與辛酸……都不是沒有意義的。」

「白河同學……」

第一次交到的女朋友已經有過性經驗。

我原本以為只有男方會糾結這種事。

沒想到，她竟然也會在意這點……

我想應該已經夠了。

我差不多可以克服對白河同學的前男友們產生的心理障礙了。

「白河同學，妳玩過生存遊戲嗎？」

「咦，為什麼突然這麼問？」

我突然轉換話題，讓白河同學驚訝地睜大眼睛，同時搖了搖頭。

「沒有。那是什麼？印象中好像是在森林裡面拿槍互相射擊？」

「對對對。我一直想和阿伊……和兩位朋友去玩，不過我們打算去的場地限制六人以上的團體使用，三個人不夠……不介意的話要不要一起去玩？加上白河同學和……山名同學與她的男朋友。」

「啊～妮可現在沒有男朋友喔。」

「這樣啊……」

「但是人家想去！可以邀小明嗎？是我們班上的女孩子！」

「嗯、嗯，可以喔。」

雖然她點頭同意，但我覺得自己好像說了什麼不得了的事。阿伊和阿仁被一群陽光女生包圍時就會變得渾身僵硬，而且還得考慮到他們因在居酒屋的事而對山名同學抱持的愛恨情仇。當我想像事後兩人痛罵「你這個假邊緣人竟然在跟白河同學放閃！」的畫面，明明天氣很熱，我卻冷汗直流。

不過，我仍然想邀請她。

邀請白河同學去她以往絕對不可能涉足的地方。

「白河同學，和我一起經歷許許多多的第一次吧。」

我鼓起勇氣這麼說，使得白河同學睜著大大的眼睛注視著我。

「我們在交往前應該完全處於不同的世界……所以只要有心，想要一起體驗多少新事物都不是問題。」

「龍斗……」

白河同學的眼中再次浮現閃耀的水光。

「……嗯，說得也是。我們要體驗很多很多的第一次喔～」

白河同學握緊牽著的手，將身體依偎過來。木屐發出敲著地面的聲音。

「……龍斗，人家最喜歡你了。」

一股不知是果香還是花香的濃郁香氣飄來，耳邊傳來訴說著甜蜜的呢喃輕語。我細細咀嚼這個經驗，盼望長大成人之後仍能記得這個情景。

◇

沿著攤販街往山路的方向走去，便能看到一間位於道路轉角的顯眼攤商。

「啊，好可愛～！」

那是飾品店。店家將托盤擺在鋪了白布的檯子上，陳列著鑲嵌色彩繽紛石頭的戒指與耳環。店員是一位將頭髮染成兩種顏色的時髦大姊姊，看起來就像對品味很有堅持的人。

「這些是天然礦石製成的飾品，是用我去土耳其採買的原料製作的，所以比市面上的價格便宜很多喔。由於是親手製作的，每一個商品都只有一件。」

看到展現出興趣的白河同學，店員姊姊就向她招呼。

「哦～好棒喔！但是人家完全不懂石頭耶。」

「許多人都是先從誕生石入門。妳的生日是幾月呢？」

「呃，是六月。」

「那就是月長石呢。」

「月亮的石頭……」

聽到取名自她名字的石頭名稱，白河同學突然被引起興趣的樣子。

「這顆就是月長石。」

店員拿出展示用的原石，讓白河同學的眼睛亮了起來。

「哇，好漂亮！」

那顆乳白色的石頭充滿宛如牛奶混合熱水的透明感，還帶有些微珍珠般的光澤，給人一股神祕感。若說它是月亮的石頭，確實有幾分那種感覺。

「這顆石頭能用在什麼設計上呢？」

「像是這邊的耳環。」

「耳環啊……」

「這是耳夾式的，有開耳洞的人也能用喔。」

「嗯～……既然要買，人家比較想要大顆一點的。有戒指嗎？」

「戒指嗎？戒指……啊，月長石的剛才賣掉了……話說回來，咦？」

就在這時，店員姊姊和我對上眼，於是她張大眼睛。

「啊……」

由於白河同學一直在和店員姊姊對話，我找不到插話的時機。正當我打算解釋時——

「嗯～真可惜呢。我覺得那件很適合妳耶。」

店員姊姊不知道為什麼對白河同學這麼說，並且朝我使了個眼色。

「真的很可惜……下次再來吧～」

「真抱歉。明年應該也會來擺攤喔～！」

在店員姊姊的道別聲中，白河同學惋惜地重新踏上路。

「人家第一次知道月長石這種東西，好漂亮喔～要是有戒指版的，人家就想買呢。」

說到這裡，白河同學將手抬到面前，然後張開五指。

「雖然指甲已經長得很長了，不過這套指甲彩繪上的裝飾是貝殼片喔。那個石頭和這種貝殼片的色澤很相似，人家覺得一定很搭。」

「這、這樣啊。」

心臟怦通怦通地跳著。

其實……剛才在那間店買下月長石戒指的人就是我。

當然，我並不是因為那是白河同學的誕生石，或是名字是月亮的石頭之類的因素才決定買下。由於我和擺攤的時髦大姊姊說話時會緊張，所以故意從攤位前面經過好幾次偷偷確認價格，看到那個戒指旁邊寫著通用尺寸後就直接買下來了。

該在什麼時候說呢？

該在什麼時候送給她……

因為我才剛買到手，根本還沒做好計畫。

「算了。啊，你看看那個～」

於是，將注意力轉移到其他事物上的白同同學一口一口消耗著珍珠奶茶與蘋果糖，同時與我閒話家常。我則一邊回應她，一邊心神不寧地想著戒指的事。

「……啊～不過剛才的石頭真的很可愛呢。」

換了幾個話題後，白河同學又聊回剛才的天然礦石飾品。

「回程時如果再經過那邊，還是看一下耳環好了？不過有點貴呢～要五千日圓。人家還得繳智慧型手機費……如果是五百日圓就好了。」

「是啊……」

我們一邊聊著這個話題，一邊沿著山路走進神社裡。

爬上陡峭的石階後就看到一間小小的神社，可以想像平時沒有什麼人的樣子。現在則是繁榮得讓商家在這裡設滿攤位的鄉下小鎮所擁有的守護神社。

「機會難得，我們去參拜一下吧。」

在白河同學的邀請下，我們在拜殿前面投下香油錢獻上祈禱。

「龍斗，你許了什麼願望？」

「嗯？這個嘛……」

我心中的願望只有一個。

就是期盼能永遠和白河同學在一起。

不過那樣就太貪心了。

所以我目前先祈求稍微實際一點的願望。

「我希望能和白河同學度過美好的交往兩個月紀念日。」

這讓白河同學露出驚訝的表情。

「原來你還記得啊……」

「對不起，我本來想準備好一點的禮物……」

我的話才說到一半，白河同學就猛烈搖著頭。

「不用啦～只要心意到就好了。」

接著，她用閃閃發亮的眼瞳注視著我。

「和龍斗的相遇，對人家來說就是最棒的禮物了。」

白河同學就像盛開的向日葵般燦爛地笑著。

「吶，人家也告訴你許了什麼願吧？」

「咦？好、好。」

「『人家想要和龍斗永遠在一起』。」

「啊……」

想到她原來也有同樣的想法，我心中就充滿暖意。

白河同學注視著感到欣慰的我，然後露出微笑。

「即使那時是懲罰遊戲，還是謝謝你向人家告白。」

「白河同學……」

應該說謝謝的是我才對。

謝謝她那時願意來教師停車場，謝謝她答應從未交談過的同學的告白。

那是持續至今，奇蹟般幸福的開始。

「……啊，白河同學。」

我回過神，伸手探進自己的口袋。

「還有，抱歉。其實我不是沒有準備禮物……」

「咦？」

我遞給驚訝的白河同學一個絨布盒。取出裝在裡面的飾品之後，白河同學看著手掌上鑲嵌著乳白色石頭的戒指說不出話來。

「這是……！」

她目瞪口呆，嘴巴一張一闔地看著我。

「不會吧？咦？你什麼時候買的？」

「剛才……去接白河同學之前。」

「你怎麼會選這個……？」

「我只是隱隱約約覺得……這個戒指很適合白河同學現在的指甲彩繪。雖然不清楚貝殼片？那種東西是什麼就是了。」

我的話說到一半，白河同學的眼中就浮現出蕩漾的水波。

於是我連忙接著繼續說：

「我本來覺得應該要再準備好一點……這種說法雖然對那位大姊姊很失禮，不過我想在能幫顧客把商品細心裝進盒子、用緞帶綁起來，再放入充滿光澤袋子的店家買下價格更高的禮物……」

畢竟難得拿到打工費，而且距離生日過去已經有一段時間，我想多加一點心意……雖然有這個念頭，但我在這個濱海小鎮查詢不到那類商店，所以才打算用這個禮物湊數。

沒想到竟然會讓她如此開心。

「不，已經非常足夠了……」

白河同學眼中帶著淚水搖搖頭。

「現在這個就很棒了。」

她這麼說著，露出害羞的微笑。

「人家想要將收到那種東西的喜悅保留到以後……」

以後……？

我的腦中浮現出身穿婚紗禮服的白河同學對我微笑的畫面。

「……吶，可以幫人家戴上嗎？」

白河同學的話讓陷入恍惚狀態的我回過神來。

「啊，嗯。」

我從白河同學的手中接過戒指，用眼神詢問她該戴在哪根手指上。

「嗯～那就戴這裡吧！」

白河同學朝我伸出右手，動了動無名指。

「我知道了。」

不是左手讓我感到有點可惜，白河同學微笑著說：

「還不是現在喔……對吧。」

「……嗯。」

我的內心充滿暖意，自顧自地洋溢出笑容。

我可以相信真的存在那樣的未來嗎？

一直與白河同學在一起的未來。

如果這只是我的願望，我會沒有自信。但如果是白河同學……是這樣的好孩子所許的願望，神明或許就會幫她實現。

「……哇～好漂亮！」

臉頰微紅的白河同學將戴上月長石戒指的右手舉向天空。

「看起來就像有兩個月亮……」

就在她臉頰泛紅將戒指與逐漸在夜空中升起的渾圓球體做比較，開心地喃喃說道時——

砰！

清脆的爆破聲迴蕩在這一帶。

與此同時，還微亮的天空中開出盛大的璀璨花朵。

「咦，已經到放高空煙火的時間了嗎！」

白河同學吃驚地張大眼睛。

按照預定行程，我們應該在海灘上觀賞高空煙火，然而我們目前仍待在高地上的神社。

我們想找個能清楚看見高空煙火的地方，於是邊走邊尋找不會被樹林擋住的位置。

當我們離開神社、走上分成兩條的階梯時，就看到小徑的途中有一處視野開闊的地點。

由於人群都聚向神社或海灘，這裡空無一人，環境很安靜。

「太好了！沒有人知道這裡耶！」

「就是說啊。」

射上天的高空煙火剛好在我們所在的高度開花，讓我們不必費力仰頭觀賞。

「龍斗。」

白河同學突然靠過來。她抬起我的手，將自己的手臂纏了上來。上臂處碰到的那個柔軟觸感，使我的心跳迅速加快。

「在高空煙火結束前，可以一直保持這樣嗎？」

被帶著撒嬌的鼻音這麼一問，我就戰戰兢兢地點點頭。

「嗯、嗯。」

身旁傳來呵呵笑聲。

「……貼近他人的心時，很自然地就會想靠近對方呢。人家和龍斗開始交往之後才知道會有這種事喔。」

高空煙火以緩慢的頻率不間斷地發射。在迅速陷入黑暗的景色中，身旁白河同學的聲音在我耳邊悅耳地響起。

「人家喜歡龍斗。如果這種感情一直持續下去，人家一定……會想和龍斗上床。」

白河同學……

當心跳急促的我看向身旁，就和抬起眼睛的她對上視線。

白河同學鬆開手臂，面對面注視著我。

白河同學害羞地撇開眼睛。

我對再次與自己對上視線的她說：

「我最喜歡妳了，月愛。」

那雙眼睛逐漸泛出水光，最後溢出來在臉頰上留下一道水痕。

「人家也是。」

她彷彿壓抑著即將衝出胸口的情緒說：

「人家也最喜歡龍斗了。」

我拭去那張臉頰上的淚水，靠近她的臉。看到那對大大的可愛眼瞳閉上後，輕輕地貼上嘴唇。

高空煙火鳴響。

我感受著心愛女友的溫暖。

那就是此時此刻，我的世界的一切。

第五・五章　露娜與妮可的長時電話

「啊，妮可。辛苦啦～！」
「露娜也辛苦啦～！明天妳就要回來了吧？真抱歉，完全沒有過去妳那邊幾次呢。」
「沒關係，只要來一次就很夠了！反正龍斗也在。」
「是啊～那個男人之後怎麼樣了？改過自新了嗎？」
「哈哈哈，什麼改過自新嘛。」
「總之，假如那傢伙又打算亂來，人家會好好教訓他一頓。有那種感覺的時候，要立刻說出來喔。」
「龍斗不會有問題啦。」
「妳之前也這樣說，可是他卻偷偷跑去見妳妹妹了吧？」
「那是有原因的，而且結果也不是劈腿。之前說過了吧？」
「是這樣沒錯啦～」
「妮可這麼擔心人家，人家很開心喔。謝謝妳。」

「……唉～雖然人家也覺得他不是那種精明得會隨便劈腿的男人啦。」

「嗯，龍斗不會做那種壞事喔。」

「可是會『變心』也不是因為『心眼壞』。不過開始交往一個月就做這種事，會讓人覺得他在搞什麼鬼就是了。」

「啊，出現了。妮可老師的今日詩句。」

「『變心非因心眼壞，妮可云』。」

「哈哈哈，老師的嘴巴好壞喔。」

「不過若是變心，找上女朋友的雙胞胎妹妹當對象，那就不是人做的事了。」

「那只是時機太不湊巧啦。已經說過了吧？」

「嗯……還算可以接受啦。」

「……和以前的男朋友交往時，不在一起的時候，人家總是很不安。會想著他現在正在做什麼，是不是和其他女生在一起。」

「事實上他們也都劈腿了呢。」

「……但是龍斗不一樣。」

「那只是因為妳們這兩個星期都待在一起的關係吧？因為沒有分隔兩地，妳才不必擔心不是嗎？」

「話是這樣說沒錯啦。只不過回到東京後，人家還是覺得跟之前不同了。」

「怎麼樣的不同？」

「之前的問題啊，到頭來是因為人家太過軟弱了。嘴巴上說相信龍斗，卻沒有完全信任他，不敢面對現實而害怕地逃走……當時若是立刻與龍斗面對面地談，就不必煩惱整整兩個星期了。」

「現在的露娜已經變堅強了嗎？」

「嗯。大概……往後無論和龍斗發生什麼問題，人家都不會再逃跑了。」

「……這樣啊。」

「這兩個星期的時間裡，我們聊了很多。像是爸爸和媽媽的事……海愛的事，還有過去那些男朋友的事。」

「嗯……」

「人家已經讓龍斗更加認識自己了……也聽了很多龍斗對人家的想法。所以，已經沒問題了。」

說著這些話的月愛，眼中注視的是左手無名指上閃耀乳白色光輝的戒指。

「從今以後，就算不在彼此身邊，人家覺得我們的心仍然相連在一起。」

尾聲

「哇～～作業寫不完啦～！」

八月的最後一週，夏季的酷熱仍然殘留在空氣中。

在開了冷氣的我的房間裡，白河同學與我面對面坐在摺疊桌的旁邊如此喊道。桌上擺著堆成一座小山的空白英文作業。

由於我們在千葉待了兩週，彼此的交往已經完全受到父母的認可，所以這週連續好幾天都像這樣開讀書會來解決堆著沒寫的作業。

我家是公寓大廈，母親就待在隔壁的客廳兼廚房，所以我們沒辦法做什麼壞事。

「在千葉玩得好開心呀……」

月愛嘆了口氣，開始逃避現實。

「紗代婆婆說，如果方便的話，明年也歡迎再去玩喔。」

「我也包含在內嗎？」

「嗯。她說即使是考生，還是可以參加夏日祭典喘口氣休息一下。」

「這樣啊……」

我很感謝紗代婆婆的好意。而且，想到她認可我這個一年後不知道是不是還繼續跟她曾孫女交往的男生，我就感到很開心。

「明年啊……」

我想像那段必須讀書讀到昏天暗地的大考生死關頭時期，也跟著嘆了口氣。

這時，月愛突然低聲說：

「那時候的我們……一定已經……」

她抬起眼睛偷偷看著我，臉頰泛出紅暈。

「感情比現在更好。」

「咦……是、是啊。」

雖然我不小心想到色色的事，但只要接著她的話講下去，就沒什麼好害羞的。

不過，月愛沒看漏我慌張的神情。

「啊～龍斗的臉好紅～！你在想什麼呀？」

「怎麼這樣說……白河同學不也一樣嗎！」

「啊～！你又叫人家的姓了！」

「抱、抱歉，白河……啊，月愛。」

「根本就是講出全名了嘛。」

月愛笑著吐槽我。

「是、是啊，先不管這些……好了，繼續寫作業吧。」

「可是人家就不會嘛……啊！可是這題人家知道～！」

月愛發出開朗的聲音，隨即振筆疾書。

「哦，很厲害嘛。」

我湊過去檢查她的作業。

寫在那裡的是──

He is the last man to tell a lie.

「……這句話說的就是龍斗，人家已經不會再忘記了。」

月愛在我面前露出幸福的微笑。

「月愛……」

我的女朋友有過性經驗。

但是，那並不是什麼重要的事。

最近的我，越來越能衷心地這麼想。

「啊～不過人家這邊不太懂呢～」

「哪邊？」

她指著另一道題目，我再次湊上前看向作業。

接著……

「有機可趁！」

月愛伸長脖子，我感覺到有個柔軟的東西碰到自己的臉頰，發出「啾」的聲響。

「……嘿嘿嘿，人家最喜歡龍斗了。」

「～～～～！」

見到詭計得逞而露出微笑的她，我只能紅著一張臉，連抗議都沒辦法。

看來暑假作業一時之間寫不完了。

後記

大家好，我是長岡マキ子。非常感謝您拿起本作品的第二集！

夏天！海邊！以本書發行時間來說還太早了，不過我打算讓各位先一步（？）品嘗到夏日的氣息。

第二集在我的想法中是以「感動&色情」為主題撰寫（請用R&B的節奏來讀）。無論您在現實世界中過得如何，讀了本書之後就彷彿經歷過這樣的青春……要是有這樣的感覺，我會感到很開心。啊啊，真是懷念……這樣的夏日回憶……我沒有，因為我讀的是女校。

海愛在公園的場景是我個人認為很感動的地方。明明知道接下來會發生什麼事，但只要想到能與喜歡的人見面就很開心，這就是少女心。

這次還有完全以個人實際經歷為藍本的橋段。

我在十幾年前打工擔任補習班的講師，當時主要是教高中生英文。那時候聽到學生說出的「TEL給里耶」這句令我印象深刻的答案，是絕望度與趣味度都相當高的真實錯誤解答。「TEL」是什麼意思啊？

不管那些了，夏天就是個充滿感動還有色情的季節呢。

在祭典、高空煙火大會與海水浴都不便參與的此刻，對夏日的憧憬只有不斷增強。

這次也負責擔任插畫的magako老師繪製了許多美麗的插圖，讓我實在感激不盡……！真的非常感謝您連對文中細節的描寫都表現在插圖上！（請各位讀者仔細觀察書衣上月愛的指甲～！）

責任編輯松林大人，這次也受到您很多照顧！多虧您做了許多時程表管理之類的工作，我才能放心地集中精神在寫作上。我希望繼續以這種氣勢努力下去！請您讓我努力吧！

最後，我要向從第一集開始支持我，也讀過第二集的各位讀者致上深厚的謝意。

我殷切地期盼能再次與各位相會……！

二〇二一年二月　長岡マキ子

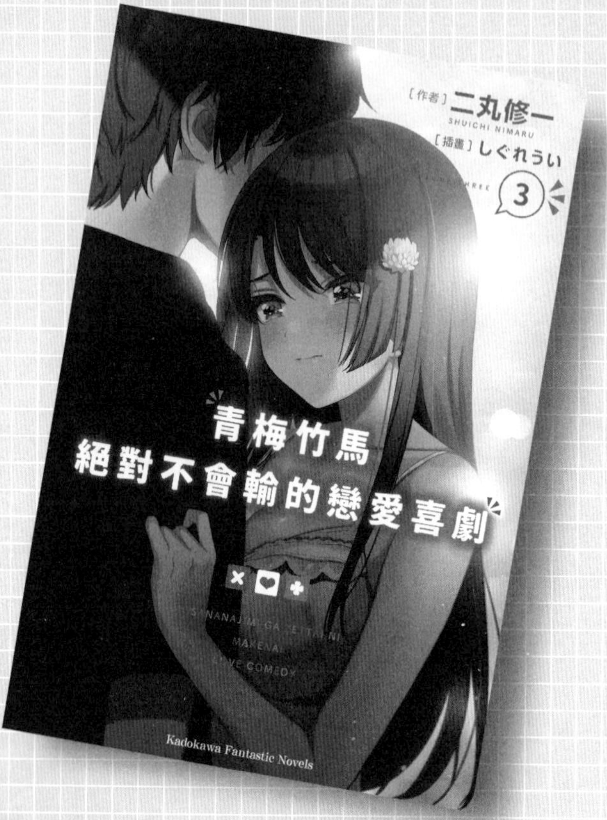

青梅竹馬絕對不會輸的戀愛喜劇 1~3 待續

Kadokawa Fantastic Novels

作者：二丸修一　插畫：しぐれうい

群青同盟這次要到沖繩拍攝影片！
在海邊穿上泳裝，白草即將展開反攻！

聽說要去沖繩拍影片，看女生們換上泳裝的機會來了嗎？只是目睹白草穿便服，我就心動得不得了。不過，我跟黑羽正在吵架，她肯定有什麼隱情，但這次我並沒有錯！除非她主動道歉，否則我不會原諒她！局勢令人猜不透的女主角正選爭奪賽第三集！

各 **NT$200~220/HK$67~73**

國家圖書館出版品預行編目資料

位於戀愛光譜極端的我們/長岡マキ子作；Shaunten
譯. -- 初版. -- 臺北市：臺灣角川股份有限公司,
2022.03-
冊；　公分. -- (Kadokawa fantasticn novels)
譯自：経験済みなキミと、経験ゼロなオレが、お
付き合いする話。
ISBN 978-626-321-277-0(第2冊：平裝)

861.59　　　　　　　　　　　　111000482

Kadokawa Fantastic Novels

位於戀愛光譜極端的我們 2

（原著名：経験済みなキミと、経験ゼロなオレが、お付き合いする話。2）

2022年3月24日 初版第1刷發行
2024年4月2日 初版第4刷發行

作　者：長岡マキ子
插　畫：magako
譯　者：Shaunten

發 行 人：台灣角川股份有限公司
總　　監：呂慧君
總 編 輯：蔡佩芬
主　　編：林秀儒
編　　輯：彭曉凡
設計指導：陳晞叡
美術設計：黃永漢
印　　務：李明修（主任）、張加恩（主任）、張凱棋

發 行 所：台灣角川股份有限公司
地　　址：104台北市中山區松江路223號3樓
電　　話：（02）2515-3000
傳　　真：（02）2515-0033
網　　址：www.kadokawa.com.tw
劃撥帳戶：台灣角川股份有限公司
劃撥帳號：19487412
法律顧問：有澤法律事務所
製　　版：尚騰印刷事業有限公司
ISBN：978-626-321-277-0